নয়া দিগন্ত

শুভংকর নিয়োগী

EditionNEXT
editionNEXT, Kolkata, India
www.editionnext.com

"**Naya Diganta**" :: A Collection of Bengali Stories by Subhankar Niyogi

International(USA) Edition

Cover: Uday Bhattacharyya

First Edition: July 2025

Publisher: Mousumi Bhattacharyya
FD 16/1, Baguiati, Kolkata- 59
Website: editionNEXT.com
Facebook: facebook.com/editionnext
Twitter: twitter.com/editionnext
eMail: Link "Contact Us" in editionNEXT.com

উৎসর্গ

প্রিয় ঠাকুমাকে নিবেদন করলাম আমার এই ক্ষুদ্র প্রয়াস

সূচিপত্র

মঞ্জুরি

আষাঢ়ের এক অবিশ্রান্ত বৃষ্টি-মুখরিত সন্ধ্যায় বোন, মেজদা, বড়দা ও আমি লণ্ঠনের আলোয় পড়তে বসলাম। মেজদা পড়তে বসেই তার মাথাটি ডান কাঁধের ওপর হেলিয়ে ঠেস দিয়ে গুই গুই করে শুরু করল পড়তে। দাদা মিনিট পনেরো এত দ্রুত পড়ত যে তার একটি শব্দও প্রবেশ করত না আমার কর্ণকুহরে। তবে একটানা ছন্দ-তাল-হীন শব্দ কানে ঘুরপাক খেত। আমি জোর করে পড়তাম, ফলে দূর থেকে আমার পড়ার শব্দ ছাড়া আর কেউ কিছু শুনতে পেত না। খানিক পরে মেজদা বলত, "আস্তে পড়।" মানে তার ঘুমানোর অসুবিধে হত। বাধ্য হয়ে আমি সপ্তম থেকে নামিয়ে বড়জোর চারে রাখতাম। এদিকে দাদা তখন সাপ খেলানো ঢঙ্গে কখনো ডানদিকে কখনো বাঁদিকে আচমকা ঝুঁকে পড়ে আবার নিজেকে চাঙ্গা করে নেওয়ার চেষ্টা করত। কারণ পড়তে বসেই ঘুমতে দেখলে হাল-বাড়ির ঘা পড়ত পিঠে। পাছে বাবা এসে পড়েন এই ভয়ে আমি একবার দাদাকে ডানহাত দিয়ে একবার মেজদাকে বামহাত দিয়ে ঠেলে সজাগ করে রাখার চেষ্টা করতাম। কিন্তু তখন দাদা ও মেজদার চোখে নিদ্রা-দেবী পুরোপুরি জাঁকিয়ে বসতেন। ফলে আমার ঠেলে দেওয়া একসময় তাদের বিরক্তির কারণ হয়ে উঠত। অগত্যা তারা সেখানেই শুয়ে পড়ত লাঙল-মুড়ি হয়ে।

কিছুক্ষণ বাদে ঠাম্মা পান সেজে হামানদিস্তায় ছিঁচে গালের মধ্যে ঢুকিয়ে আসতেন আমাদের বাইরের বৈঠকখানায় পড়ার ঘরে। দরজার আওয়াজ শুনে দাদা ও মেজদা উঠে বসত ধড়পড়িয়ে। কিন্তু যখনই দেখত

যে ঠাম্মার আগমন অমনি তারা আনন্দের এক দীর্ঘনিশ্বাস ফেলত, যেন মনে হতো তারা এ যাত্রা বেঁচে গেল বাবার হাল-বাড়ির হাত থেকে। তিনি আমাদেরকে জোরে জোরে এবং বুঝে বুঝে পড়ার উপদেশ দিয়ে আমার পাশে বসতেন। দেখতাম মঞ্জুরি নামে ঠাম্মার আদরের বিড়ালটিও তাঁর পাশে চারটি পা মুড়ে বসত, যেন সেও কিছু উপদেশ দেবে!

পাঠ্য বিষয়ের দু-চারটি যা জানবার জেনে নিয়ে বোন চলে যেত তার নিজের ঘরে। কাজেই ঘরের মধ্যে মঞ্জুরিসহ আমরা পাঁচটি প্রাণী গভীর বিদ্যাভ্যাসে মগ্ন।

আকাশে গুরু গুরু গর্জনের সঙ্গে বৃষ্টি হয়েই চলেছে মুষলধারে। মাঝে মাঝে বিদ্যুতের আলো অন্ধকারময় সারা পৃথিবীকে দুভাগ করে আবার মিশিয়ে দিচ্ছে। অ্যাসবেস্টরের চালে বর্ষিত বৃষ্টির টাপুর-টুপুর শ্রুতিমধুর শব্দ কানের মধ্যে আলোড়ন সৃষ্টি করে মনের মধ্যে বেশ অনুপ্রেরণা জুগিয়ে যাচ্ছে। ঠাম্মা এগিয়ে গিয়ে দরজাটি খুলতেই দেখা গেল, বাইরে ঘন অন্ধকারের মধ্যে বেশ জাঁকিয়ে বসেছে বৃষ্টি। শুধু একটানা ঝম ঝম শব্দ ছাড়া বাকি সব নিস্তব্ধ। শব্দ শুনে মঞ্জুরি চোখ মেলে বাইরে তাকিয়ে কী একটু ভাবল, তারপর মিউ বলে সে বেরিয়ে গেল বৃষ্টির মধ্যে। ঠাম্মা বার বার ডাকা সত্বেও সে শুধু মিউ বলে বেরিয়ে অদৃশ্য হল। যেন বলে গেল, "তুমি চিন্তা করোনা, আমি একটু আসছি।"

খানিকপরে বন্ধ-দরজার কাছে এসে আবার মিউ বলে আমাদেরকে দরজা খোলার নির্দেশ দিল মঞ্জুরি। ঠাম্মা মুখে বিড় বিড় করে দুএকটা কথা বলতে বলতে দরজা খুলতেই মঞ্জুরি বর্ষণসিক্ত শরীর নিয়ে একেবারে আমাদের লণ্ঠনের আলোয় রাখল এক প্রকাণ্ড শোল মাছ। আমি তো বিস্ময়ে হতবাক! ঠাম্মা অবাক হয়ে বললেন, "ও-তুই এজন্যে গিয়েছিলি!" বলে তিনি তার একটি ছেঁড়া কাপড় নিয়ে এসে মঞ্জুরির শরীর পরিষ্কার করে দিলেন। দাদাকে ডেকে তুললাম। তা দেখেই তো চক্ষু ছানাবড়া। বড়দা জিজ্ঞেস করল, "কে ধরল?" ঠাম্মা মঞ্জুরির শরীর মোছাতে মোছাতে উত্তর দিলেন, "আমার মঞ্জুরি।"

বড়দার মাছ ধরার নেশা চিরকালই প্রবল। বোধ হয় তখন মঞ্জুরিই 'উঠো মাছ' ধরার কথাটি জানিয়ে দিল। দেখলাম দাদা তার লুঙ্গি সেঁটে

গামছা জড়াতে আরম্ভ করেছে। মনে মনে বুঝলাম এবার আমাকে বলল বলে! কারণ মেজদা সেই যে লাঙল মুড়ি হয়ে শুয়েছে তার ঘুম ভাঙানো দুঃসাধ্য ব্যাপার। একমাত্র বাবার পায়ের শব্দ কানে প্রবেশ করলেই ধড়পড়িয়ে ওঠে এমন ভাবে বসে যেন চুপচাপ গভীর বিদ্যাভ্যাসে মগ্ন।

বড়দার জামা কাপড় আঁটসাঁট করে পরার পর বলল, "চল, খালুইটি ধরবি চল।" এই পড়াশোনার মাঝে কেউ কাজ করতে বললে আমার মন বিরক্তিতে ভরে উঠত; কিন্তু বড়োদের মুখের উপর না বলার মতো যোগ্যতা তখনও অর্জন করতে পারিনি। যেখানে না বলে প্রতিকার করা যায় না সেখানে মন বিষাদে ও বিরক্তিতে ভরে উঠত এবং তার আভাস ছড়িয়ে পড়ত গোটা চোখে মুখে। কাজেই কথাটি এক কান দিয়ে ঢুকিয়ে নাক কুচকে বের করে দিতে হত অন্য কান দিয়ে।

অগত্যা আমাকে খালুই ও হ্যারিকেন হাতে অনুসরণ করতে হতো বড়দাকে। দেখতাম বড়দা লম্বা লম্বা পা ফেলে কখনো মৎসরাজ্যের উঠোনে আবার কখনো একেবারে মৎসরাজ্যের চেম্বারে হাজির হয়ে প্রয়োজনের অতিরিক্ত মাছ অনায়াসেই সংগ্রহ করত। সেদিন প্রথমে গেলাম বাড়ুজ্যেদের অনন্তসাহেরে, দেখলাম কয়েকটি শোল, মাগুর, কই, সব সারিবদ্ধভাবে উপর থেকে নামা লম্বা জলের ধারাকে অবলম্বন করে অতি আনন্দে ওঠে চলেছে। দাদার টর্চের আলো পড়তেই সব মাছ বিপদ বুঝে একসঙ্গে আবার উল্টো অভিমুখে পুকুরের জলে নামার জন্যে ব্যস্ত হয়ে পড়ত! বড়দা কোনোক্রমে তাড়াতাড়ি কয়েকটিকে পলোতে চেপে বাকি মাছ হাত দিয়ে ধরার চেষ্টা করত কিন্তু একটিকে ধরবার আগেই অধিকাংশ মাছ তারা আবার নেমে পড়ত পুকুরে। আমি একটি মাছকে ধরে অন্ধকারে আমার পিছনে ছোটো সাদা একটি কী দেখে পিছন ফিরে তাকাতেই দেখি মঞ্জুরি মস্ত একটি মাগুর মাছ ধরে আমাদের দৃষ্টি আকর্ষণ করার চেষ্টা করছে। আমি অবাক হয়ে বড়দাকে বলতেই সে তার মুখ থেকে মাছটি নিয়ে আমার খালুইয়ের মধ্যে রেখে মঞ্জুরিকে লক্ষ্য করে আঙুল উঁচিয়ে বলল, "যা ঐ দিকে।"

মঞ্জুরি যেন আদেশের অপেক্ষায় দাঁড়িয়েছিল। বড়দার আদেশ শিরোধার্য করে ঐ দিকে গেল চলে।

বড়দা টর্চ টিপে পুকুর পাড়ে জলের ধারে ধারে আস্তে আস্তে এগোতে লাগল। আমি তার অনুজ। কাজেই তাকে অনুসরণ করাই আমার কাজ। একটু পরেই সে ঝপাস করে জলের মধ্যে পলোটি জোর করে মাটির সঙ্গে চেপে ধরল। এরপর পলোর মুখ দিয়ে হাত গলিয়ে প্রথমে একটি কই মাছ, একটু পরে একটি ছোটো মাগুর মাছ ধরে আমার খালুইতে রাখল। আরও একটু পরে হঠাৎ বাপরে বলে পলো ছেড়ে লাফিয়ে পাঁচ হাত পিছনে এল! আমি অবাক হয়ে বললাম, "কী হল!" বড়দা বিড় বিড় করে নিজের মনে মনে বলল, "না, সাপ হলে তো খসখসে হবে," বলেই আমাকে লক্ষ্য করে বলল, "দেখ তো, একেবারে পলোর ধারে কী একটি তেলতেলে হাতে লাগছে!" বড়দার মুখের দিকে চেয়ে কিছু একটি বুঝে নেবার চেষ্টা করে মনে মনে বললাম, "বড়দা কি শেষ পর্যন্ত আমাকে সাপের মুখে ঠেলে দিচ্ছে!" আদেশ যখন লঙ্ঘন করার উপায় নেই তখন আদেশ মতো কাজ করতেই হবে। মনে মনে ঠাকুরকে ডেকে, ডান হাতটি গলিয়ে দিতেই ঠিক পলোর ধারে তেলতেলে লাগতেই 'ওগো মাগো', বলে আমিও পিছিয়ে এলাম। বড়দা আমাকে কটাক্ষ করে বলল, "ভীতু কোথাকার! তেলতেলে কিনা!।" বড়দার ধমক খেয়ে আমতা আমতা করে বললাম, "হ্যাঁ।" "তাহলে শিওর মাগুর মাছ", বলেই বড়দা পলোটিকে সামান্য কাত করে যখন হাত বের করল তখন দেখলাম একটি বড়ো মাগুর মাছের মাথা বাদে ধড় সমেত লেজের দিকের বাকি অংশ। তাহলে মাথাটি গেল কোথায় ভেবে পলো তুলল কিন্তু তার আর সন্ধান পাওয়া গেল না।

ওখান থেকে যখন রায়েদের পুকুরপাড়ে যাবার মতলব আঁটছি তখন বড়দা, "মঞ্জুরি……",- বলে একটি ছোটো ডাক দিল। কিন্তু তার আর পাত্তা পাওয়া গেল না। অগত্যা তাকে রেখেই চলে যেতে হল।

বৃষ্টি তখনও থামেনি। গুঁড়ি গুঁড়ি ঝরেই চলেছে। মাথায় আচ্ছাদিত তালপাতার পেখো। বাম হাতে খালুই আর ডান হাতে হ্যারিকেন। বড়দার কেবল বাম হাতে টর্চ আর ডান হাতে পলো। কাঁচা, কর্দমাক্ত, চটচটে, পিচ্ছিল পথে চলেছি আমরা দুই মেছেল।

মাছ ধরে ফিরে বাড়ির দরজায় টোকা মারতেই ঠাম্মা দরজা খুলে দিলেন। ভিতরে ঢুকে দেখি মেজদা তেমনি ভাবে সুখে নিদ্রা যাচ্ছে লাঙল-

মুড়ি হয়ে শুয়ে। বোঝা গেল বাবা তখনও কয়াপাট থেকে ফেরেননি। লণ্ঠনের আলোয় একাগ্রচিত্তে গভীর পাঠে নিমগ্ন মঞ্জুরি।

কতকগুলো মাছ হাঁড়িতে জিঁইয়ে রেখে বাকিগুলোকে রাঁধবার জন্যে মায়ের হাতে দেওয়া হল। যখন আবার পাঠে মনোসংযোগ করার জন্যে লণ্ঠনটা নিভিয়ে হ্যারিকেন নিয়ে পড়তে বসলাম ঠিক তখনই ঠাম্মা বললেন, "মঞ্জুরি একটি কত বড়ো কই মাছ ধরে এনেছে দেখবি"! বলেই তিনি যা দেখালেন তা চোখে না দেখলে কই মাছ বলে বিশ্বাসই হতো না! এরকম কই মাছ যে আমাদের আশেপাশের পুকুরে জন্মাতে পারে তা আমাদের ধারণার বাইরে ছিল। ঠাম্মা বললেন, "আমার জীবনে দেখা এত বড়ো কই মাছ এই প্রথম।"

আমি আনন্দে আত্মহারা হয়ে মঞ্জুরিকে একটু আদর করার জন্যে কোলে তুলে নিলাম। দেখলাম তার ঠোঁটে রক্ত। ভাবলাম বোধ হয় মাছের রক্ত, তাই ওরকম চাপ চাপ ভাবে বসে আছে ঠোঁটে। ভালো করে লক্ষ করে দেখলাম ঐ রক্ত মাছের নয় তার নিজের মুখের। বুঝা গেল ঐ কই মাছটিকে ধরতে তাকে অনেক নাকাল ভোগ করতে হয়েছে, কারণ কই মাছটি যে সহজে তার কাছে আত্মসমর্পণ করেনি তা তেলাইয়ের ওপর এখনও খস খস করে যাওয়ার ধরণ দেখেই বোঝা গেল। অধিকিন্তু সে ওকে কামড়ে নিয়ে এসেছে তবুও তার নৈতিক শক্তিকে এতটুকু টলাতে পারেনি। কথায় বলে 'কই মাছর প্রাণ'। আমি ও বড়দা যথারীতি পড়তে বসলাম।

রাত্রিতে ভাত খাবার জন্যে যখন মা রান্নাঘর থেকে হাঁক দিলেন তখন রাত্রি সাড়ে নটা। এবারে মেজদাকে বার কয়েক ঠেলতেই সে বহুকষ্টে ওঠল। মঞ্জুরিও আমাদের সঙ্গে সঙ্গে গেল ভাত খাওয়ার জায়গায়, গৌরবে বলা যায় ডাইনিং হলে। তাকে যথারীতি দুধ দিয়ে ভাত মেখে খেতে দেওয়া হয়েছে সঙ্গে ভাজা মাছ। সে শুধু চোখ দুটি ঢুলু ঢুলু করে রেখে চুপচাপ হয়ে বসে রইল। অন্যদিন হলে সে মিউ মিউ করে আরো দাও আরো দাও বলে ঝালা পালা করে দিত; কিন্তু আজ এই মাছ ধরার যে কর্ণধার সে যদি না খায় তাহলে আমরা সবাই কেমন করে নিজেদের উদরস্থ পূরণ করি!

বুঝলাম কই মাছটি খুব জোরে কাঁটা ফুটিয়েছে ওর মুখে। অতএব সিদ্ধান্ত নেওয়া হল ওকে শুধু দুধ দেওয়া হোক। মঞ্জুরির কিছু হলে সর্বাগ্রে

ঠাম্মার অধিকারই বেশি কাজেই তিনিই তার দুধ খাওয়াবার ব্যবস্থা করতে লাগলেন।

অন্য দিন হলে সে এক নিমেষেই সমস্ত দুধ জিভ দিয়ে ছলাক ছলাক করে চেটে খেয়ে নিত। কিন্তু আজকে সে চুপচাপ। শুধু মাঝে মাঝে বন্ধ চোখ দুটিকে খুলে পারিপার্শ্বিক অবস্থাটা একটু দেখে নিয়েই আবার চোখ দুটিকে বন্ধ করে দিল।

খেতে বসেই মেজদা আর একটি মাগুর মাছের চেকার অর্ডার দিয়ে নির্বিঘ্নে চলে গেল খাওয়া শেষ করে। তার দেখাদেখি বড়দাও খেল কিন্তু সে যে পরিতৃপ্তি করে খেতে পারেনি আমি তার খাওয়ার ধরণ দেখেই বুঝতে পেরেছিলাম। পাছে মা বা ঠাম্মার দৃষ্টি আমার উপর পড়ে তাই আমি কাউকে কিছু বুঝতে না দিয়ে দ্রুত আহার শেষ করতে লাগলাম। বোধ হয় ঠাম্মা ও মা তাকে নিয়ে বেশি ব্যস্ত ছিলেন বলেই আমাদেরকে খুঁটিয়ে দেখার সময় পাননি।

মঞ্জুরির জন্যে মনটি খারাপ হয়ে গেল আমার। ধরতে গেলে ওতো আমাদেরই একজন। কাজেই একজন সারারাত অভুক্ত অবস্থায় থেকে খিদেই ছটছট করবে আর আমি পেট পুরে খেয়ে সারা রাত্রি নাক ডেকে নিদ্রা যাব! আমি রক্ত মাংসের শরীর ধারণ করে কেমন করে পরিতৃপ্তি পাই!

এই মঞ্জুরির একটি বড়ো দোষ ছিল। প্রতি ছ-মাস অন্তর তিন-চারটি করে বাচ্চা প্রসব করে যায়। এ হয়েছে আর এক বিরাট ঝামেলা। বাচ্চাগুলির চোখ ফুটে যখন নিজেরাই খেলতে আরম্ভ করেছে, পায়ে পায়ে জড়াতে আরম্ভ করেছে কিম্বা রান্নাঘরে খেতে বসলেই যখন তিন-চারটি বাচ্চা সহ স্বয়ং গর্ভধারিণী এক সঙ্গে মিউ মিউ করে খাবার জন্যে কিল বিল করতে আরম্ভ করেছে তখন রাগে একদিকে যেমন মেজাজ চড়চড়িয়ে উঠত অন্যদিকে তেমনি ঠাম্মা তাদেরকে আদর করে পাড়ার দ্বারে দ্বারে ঘুরে একটি করে বিড়াল বাচ্চা গচ্ছিত করার ব্যবস্থা করতেন। বস্তুতঃ যখনই আবার বাচ্চাগুলির অভাবে পাগুলি খালি লাগত এবং খেতে বসলে মঞ্জুরির ডাক ছাড়া আর কারো ডাক শোনা যেত না তখনই আবার তাদেরকে ফিরিয়ে আনার জন্যে মনটা আনচান করত, অবশ্য তা কেবল কয়েকদিন

মাত্র কারণ ছয়মাস পেরতে না পেরতেই সে আবার কয়েকটি সন্তানের মা হতে চলেছে। এ ব্যাপারে তাকে কখনই অলস দেখিনি।

আমাদের তখন তৈরি হয়েছে পশ্চিম দোয়ারি মাটির বাড়িটি। অর্থনৈতিক অনটনের জন্যে কোনরকমে বাহিরের দিকের দরজা, জানালা বসানো হয়েছে, কিন্তু ভেতর দিকের দরজা ও জানালা বসানো হয়নি। কাজেই শীতকালে ভেতর দিকের দরজা ও জানালাতে তেলাই ও চট দিয়ে ঝাঁপ তৈরি করে শীত ঋতু প্রবেশ নিষেধের নোটিশ দেওয়া হয়েছে। একখানি তেলায়ের ওপর একটি কাঁথা আর বাতিল ছেঁড়া ন্যাকড়া ঢুকিয়ে মায়ের হাতে তৈরী বালিশে মাথা দিয়ে সঙ্গে লেপ গায়ে কী পরম সুখেই না গভীর নিদ্রা যেতাম। অধিক রাত্রে পাশ ফিরতেই 'মিউ' ডাক শুনে ভেঙে যেত ঘুম। দেখতাম মঞ্জুরি গভীর রাত্রে নোটিশ অগ্রাহ্য করে চুপিচুপি ঝাঁপ ঠেলে লেপের তলায় ঢুকে একেবারে আমার শরীরের সঙ্গে টাচ করে ঘড়র ঘড়র নাক ডেকে দিব্যি আরামে নিদ্রা যাচ্ছে। তার পরিতৃপ্তির নাক ডাক শুনে মনে হতো যে এত আরাম সে বোধ হয় জীবনে কোনোদিন পায়নি। অজান্তে সে আমার লেপের ভাগ নিয়েছিল তাতে কিছু যায় আসে না; কিন্তু সজ্ঞানে কেমন করে তাকে আমার পাশে শুতে দিই! বিশেষত তার ঐ ঘড়র ঘড়র নাক ডাক আমার একেবারে অনন্ত ঘুমের পরিপন্থী! তাকে দাবড়িয়ে ভাগাবার চেষ্টা করা বৃথা; কাজেই হাত দিয়ে ধরে যদি তুলে তাড়াবার চেষ্টা করি তাহলে সে তার চার পায়ের তীক্ষ্ণ নখ দিয়ে বিছানা এমন খামচিয়ে ধরবে যে কার সাধ্য তাকে সে সময় বিছানা থেকে মুক্ত করে, কাজেই সে চেষ্টাও অসম্ভব। অর্থাৎ কোনোভাবেই সে এ রাজ সুখ বিসর্জন করে যাবে না। মারলে শরীর ও মাথা হেলিয়ে পড়ে পড়ে মার খাবে তবু যাবে না। মনে মনে মতলব আঁটিতে আরম্ভ করলাম। খানিকক্ষণ চুপচাপ শুয়ে ঘুমিয়ে যাবার ভান করলাম। সে যখন বুঝতে পারল যে আমি ঘুমিয়ে পড়েছি সেও তখন সহজ ভাবে তার শরীরটি আমার বিছানায় এলিয়ে দিয়ে আবার ঘড়র ঘড়র করে নাক ডেকে রাজ-নিদ্রা যেতে আরম্ভ করল। ঠিক তখনই আমি তাকে বিছানা খামচে ধরার সুযোগ না দিয়ে লেপ তুলে চকিতে পায়ে করে ছুড়ে দিলাম। মুখে বললাম, "ভাগ এখান থেকে!" অতঃপর সে একবার গা ঝেড়ে সশরীরে ঝাঁপ ঠেলে 'মিউ' বলে প্রস্থান করল। যেন বলে গেল যে বাইরের দরজায় শীত না ঢোকার নোটিশ দেওয়া আছে কিন্তু বিড়াল না ঢোকার তো

নোটিশ দেওয়া নেই! মনে মনে মুচকি হেসে 'যাক বাঁচা গেল', বলে আমি আবার লেপের তলায় ঢুকে পড়লাম।

সেদিন স্কুল থেকে ফিরছিলাম। হঠাৎ দেখি একটি কুকুর তাড়া করেছে আমাদের মঞ্জুরিকে! সে পালিয়ে যাবার আগেই কুকুরটি তাকে একেবারে পাঁচিলের ধারে কোণঠাসা করে ফেলল। নিরুপায় হয়ে সে একেবারে কুকুরের সামনে সারা শরীর ফুলিয়ে নাক মুখ খিঁচিয়ে চার পায়ের সূচাগ্র ধারাল নখ বের করে এমন হিংস্র হয়ে উঠল যে, কুকুরটি প্রথমে ভয়ে দুপা পিছিয়ে আসতে বাধ্য হল। পরক্ষণেই সাহস সঞ্চয় করে যখন আবার এগিয়ে গিয়ে তাকে মারার জন্যে ঝাঁপিয়ে পড়ল তখন সে অত্যন্ত দ্রুত ক্ষিপ্রতায় তার নখ দিয়ে কুকুরটির গালে ও মুখে এমন আঁচড়াল যে রক্তাক্ত অবস্থায় কাঁই কাঁই শব্দ করে সে পিছু হঠতে বাধ্য হল। মনে মনে বললাম, “কথায় বলে, বাঘের মাসি”। সে হাড়ে হাড়ে প্রমাণ করে দিল।

সেদিনের ঘটনাটি আজও স্পষ্ট। স্কুল থেকে ফিরে ভাত খেতে বসেছি। মঞ্জুরি আজ আর আমার থালার পাশে বসে মিউ মিউ করছে না। বোঝা গেল পেট ভর্তি আছে। দেখলাম সে কাঠের উনুন ধারে ফুটন্ত দুধের কড়ার কাছে চুপচাপ বসে গভীর তপস্যায় রত। আমি নির্বিঘ্নে ভাত খেতে লাগলাম। হঠাৎ নজরে এল সে তার সামনের বাম পাটি তুলে গরম দুধের কড়ায় আলতো করে ডুবিয়ে তা চেটে সাফ করে নিল। তার সাহস দেখে আমি তো অবাক। রাগ চড়চড়িয়ে ওঠে যেতে লাগল আমার! তবুও রাগ সামলে ভাত খাওয়া সমাধা করে আস্তে আস্তে তার দিকে এগিয়ে যেতে লাগলাম। সে ভেবেছিল যে তার গর্হিত কৃতকর্ম কেউ দেখেনি যখন তখন তার চিন্তার কোনো কারণ নেই। সে আমার পদধ্বনি শুনেও পূর্বেকার মতো অবিচলিত ভাবে বসে রইল। আমি তখন বল খেলতাম। কাজেই দুপায়েরই প্রচণ্ড শটের জোর। ভাবলাম ডান পায়ে মারি তারপর সে বাম পায়ের থাবা দিয়ে দুধের উত্তাপ অনুভব করেছে ভেবে তাকে আমি বাম পায়ে করে এত জোরে একটি লাথি মারলাম যে সে একটি অবর্ণনীয় আওয়াজ করে একেবারে দশ হাত দূরে একটি দেওয়ালে ধাক্কা খেয়ে মুমূর্ষু হয়ে একেবারে হয়ে গেল ধরাশায়ী। তার মুখ দিয়ে কোনো কাতর আর্তনাদ না শুনতে পেয়ে ভয় নামক অদৃশ্য বস্তুটি আমার মনে বসল জাঁকিয়ে। আমার জ্বর হলে ডাক্তার এসে যেমন আমার ডান হাতটি তুলে একদিকে বুড়োআঙুল অন্যদিকে চারটি

আঙুল দিয়ে কব্জির কাছে ধরে মধ্যমা ও তর্জনী দিয়ে চেপে নাড়ি দেখে তেমনি আমি মঞ্জুরির সামনের ডানপাটিকে তুলে তার নাড়ি দেখতে লাগলাম। কিছুই বুঝতে পারলাম না। ভয় নামক বস্তুটি আমার সারা শরীরে খুব জোরে ঝাপটে ধরতে আরম্ভ করেছে। দেওয়ালের দিকে তাকিয়ে মনে মনে ভাবলাম, নাড়িটি কি দেওয়ালে ধাক্কা লেগে আটকে গেল নাকি! যদি মারা যায় তাহলে আর নিস্তার নেই আমার। একঘটি জল নিয়ে কাছে গিয়ে তার মাথায় আস্তে আস্তে ঢালতেই সে আমাকে দেখে দ্রুত ওঠে ঢুকে গেল মরায়ের তলায়। যাক “বাঁচা গেল”, বলে আমি একটি দীর্ঘনিশ্বাস ফেললাম।

কাছাকাছি কেউ না থাকার ফলে ঘটনাটি আমি আর মঞ্জুরি ছাড়া আর কারো নজরে এল না। মনে মনে ভাবলাম, সে মরে গেলেও যখন কে মেরেছে তার প্রমাণ নেই তখন সে দিক দিয়ে নিস্তার পেয়ে যাব। পরক্ষণেই নিজের মনে মনে বললাম, “নিজের বিবেকের কাছে নিস্তার পাওয়া যাবে কি! সে যে সারাজীবন অপরাধ বয়ে নিয়ে ঘুণ পোকার মতো কুরে কুরে খাবে! তার কাছে রেহাই পাব কী করে? আমি দোষী, আমি অপরাধী, শেষ পর্যন্ত বোধ হয় খুনির সমতুল্য হয়ে যেতে হবে!”

যা হবার হয়েছে। এখন এই এক কোড়া দুধকে কী করে জীবাণুমুক্ত করে বাঁচানো যায় সে চিন্তা করতে লাগলাম। উপায়টি আর কিছুই নয়, দুধে বেশি করে জ্বাল দিয়ে ফোটাতে লাগলাম। টগবগ করে ফুটে গেলে নিঃসন্দেহে জীবাণু নষ্ট হয়ে যাবে!

মা এতক্ষণ ঘাটে ছিলেন। একগাদা বাসন হাতে নিয়ে ঘরে ঢুকে আমার কীর্তিকলাপ দেখে তিনি তো একেবারে থ! বাস্তবিকই একটি কাজ বললে যে কোনোদিন পারবনা ছাড়া পারব বলেনি, সে কিনা বিনা আদেশেই কাজ করতে বসেছে? মুখে বললেন, “ব্যাপার কি রে”? আমি মনে মনে বললাম, “মা, তুমি যদি আর দশটা মিনিট পরে আসতে তাহলে আমার কাজ হাসিল হয়ে যেত এবং কেউ ঘুণাক্ষরেও জানতে পারত না।” মুখে মিষ্টি করে হেসে বললাম, “তুমি দুধে যা জল দিয়েছ, দুধ খাচ্ছি না জল খাচ্ছি বুঝতে পারছি না।” আমার কথাটি ধরে নিয়ে বললেন, “হঠাৎ জিভের স্বাদ এত গাঢ় হয়ে গেল কী করে শুনি!” বুঝুন, একথার কী উত্তর দিই এবার! মনে মনে দুষ্টু চিন্তাগুলোকে খুব তাড়াতাড়ি কাজ করার জন্যে মস্তিষ্কের হেড

কোয়ার্টারে নির্দেশ দিলাম। মুশকিলটা এখানেই, সময়ে দুষ্টু মতলব একটাও তাড়াতাড়ি বের হতে চাই না। গলায় একেবারে মধু ঢেলে বললাম, "না-মা, আজ একটু টেস্ট করে দেখতে চাই!" তিনি এবার গম্ভীর হয়ে বললেন, "আর টেস্ট করে দেখতে হবে না! আমার দেখা আছে!" একটু থেমে তিনি আবার বলতে লাগলেন, "সবাই যাতে একটু করে দুধ পায় সে দিকে নজর রেখে ব্যবস্থা করতে হয়। একজনের জিভের স্বাদ বদলাতে গিয়ে আর পাঁচজনকে তো না দিয়ে থাকা যায় না!" বলেই, "ওঠ," বলে আমার ডান হাতটি ধরে টেনে তুলে দিলেন। বুঝলাম সত্যি কথা না বললে কতদূরের জল কোথায় গিয়ে দাঁড়াবে কে জানে! কাজেই মাকে সত্যি কথা বললাম। আমি ভেবেছিলাম যে মা কথাটি শুনে অবাক হয়ে যাবেন। কিন্তু তাকে চুপচাপ স্থির হয়ে বসে থাকতে দেখে আমিই অবাক হয়ে গেলাম। তিনি অত্যন্ত শান্ত স্বরে বললেন, "এ আর এমন কি?" আমি অবাক হয়ে বললাম, "মানে"! তিনি তেমনি শান্ত স্বরে বললেন, "যার যা স্বভাব"! আমি মাকে জিজ্ঞেস করলাম, "মানে, এর আগে মঞ্জুরির এই অপরাধীয় কৃতকর্ম তুমি দেখেছ?" তিনি এবার মৃদু হেসে বললেন, "দেখেছি, বকেছি, মেরেছি; কিন্তু স্বভাব যায় না মলে", বলে আমার দিকে মৃদু হেসে তাকিয়ে রইলেন। আমি অবাক হয়ে জিজ্ঞেস করলাম, "তারপর তুমি কী করেছিলে"? তিনি উত্তর দিলেন, "দুধে জল ঢেলে দুধ ফুটিয়েছি! তুই যেমন করছিলি তেমন; তবে আগে দুধে জল ঢালতে হবে।" মাকে মনে মনে তারিফ করে বললাম, "রাগে তাকে এমন একটি লাথি মেরেছি যে সে আর বাঁচবে কি-না জানি না!" এবারে মা বড়ো বড়ো চোখ করে বললেন, "বলিস কি রে! কোথায় সে?" আমি বললাম, "মরাই তলে"। বলেই চলে যাচ্ছিলাম। মা, তাড়াতাড়ি করে ছুটে এসে মরাই তলে উঁকি মারতে মারতে বলতে লাগলেন, "আর শোন, দুধের কড়াতে মঞ্জুরির দুধ খাওয়ার কথা কাউকে বলিস নি যেন!" আমি লাফিয়ে লাফিয়ে যেতে যেতে চেঁচিয়ে বলতে লাগলাম, "না-মা, তোমার রসগোল্লার হাড়িতে ইঁদুর পড়েছে তা আমি বলতে যাব কেন?" কথাটি বলে পশ্চিম দিকের দরজা পেরচ্ছি এমন সময় সম্মুখে একেবারে শ্রীচরণকমলেষু ঠাম্মা। তাঁকে চকিতে দেখে নিয়েই তাড়াতাড়ি পাশ কাটিয়ে যাবার উপক্রম করতেই তিনি ডাকলেন, "খোকন শোন, কী হয়েছে রে?" মনে মনে বললাম, "যার কানে ঢুকেছে, পাড়া মাত করতে আর মাত্র কয়েক সেকেন্ড!"

আমি ঠাম্মার কথাকে ভ্রুক্ষেপ না করে চলে যেতে যেতে চেঁচিয়ে বললাম, "কিছু হয় নি!"

ঠাম্মা ঘরে ঢুকতেই আমি ফিরে এসে দরজার পিছনে লুকিয়ে রইলাম। তিনি ঘরে ঢুকেই হাঁকলেন, "হ্যাঁ গো বৌ!" মা বোধ করি রান্নাশাল থেকেই বললেন, "যাই মা!" মায়ের ডাক শুনে ঠাম্মা বলতে লাগলেন, "খোকন যেতে যেতে কী যেন বলছিল যে তোমার রসগোল্লার হাঁড়িতে ইঁদুর পড়েছে, আমি বলতে যাব কেন?" মা এবার আমার মুখ থেকে শোনা মঞ্জুরির অপরাধীয় কৃত কাহিনীটি আদ্যপ্রান্ত বললেন। তারপর মা তার শাশুড়ি-মাকে বললেন, "আমি খোকনকে বললাম, "তুই কাউকে বলিসনি যেন! তাই ও ওরকম বলে যাচ্ছিল!" ঠাম্মা তাঁর ফোগলা হাসি হেসে বললেন, "ছেলেটা বড়ো দুষ্টু হয়েছে তো?"

তার কিছুদিন পরেই আবার আপন সংসার সাজিয়ে জাঁকিয়ে বসল মঞ্জুরি। কয়েকদিন যেতে না যেতেই তিন চারটি বাচ্চা মিউ মিউ করে পায়ে পায়ে জড়িয়ে মা-খাব, বাবা-খাব, রব তুলে একেবারে অতিষ্ঠ করে মারতে লাগল। এর আগে মা ষষ্ঠীর দয়ায় মঞ্জুরির যত বিড়াল বাচ্চা হয়েছিল তাদের প্রত্যেকটিকে পাড়া প্রতিবেশীর ঘরে ঘরে তার স্মৃতি বহাল তবিয়তে গচ্ছিত করে রেখে এসেছিলেন ঠাম্মা। কাজেই বর্তমানে ওপথ বন্ধ। এখন এতগুলি বাচ্চা সহ সহস্র পুত্রের গর্ভধারিণীকে প্রতিপালন করতে হলে শুধু এদের জন্যেই প্রতি বছর তিন বিঘে জমি বেশি করে চাষ করতে হবে। শুধু তাই নয়, প্রতি ছয় মাস অন্তর সে যদি এমনি ধারাবাহিকতা বজাই রাখে তাহলে আমি হলফ করে বলতে পারি সে একাই দু বছর বাদে ভোটের আধিক্য হেতু ইন-ক্লাব, জিন্দা-বাদ করে আমাদেরকে বাড়ি থেকে উচ্ছেদ করে বেদখল করে নেবে। এ-তো শুধু গেল মঞ্জুরির কথা। তারপর কয়েকমাস বাদ দিয়েই তার কন্যারা আমাদের অজান্তেই জননী হয়ে সংসারের পরিধি এত বড়ো বাড়িয়ে দেবে যে সে সমস্যা সমাধান করতে নতুন সংবিধান রচনা করে পুষি-রাজ্যে পরিণত হবে! আবার তার কন্যারা ......!! আবার তার কন্যারা......!! উঃ! ভাবা যাচ্ছে না! বাপরে বাপ! এতশত গণনা করতে গেলে স্বয়ং গণিতবিদও ফেল করবে বোধ হয়। তাই সবিশেষ বিবেচনা করে একদিন বাড়ির সকলে মিলে সিদ্ধান্ত নেওয়া হল যে মঞ্জুরি সহ সব বিড়াল

বাচ্চাগুলিকে আগামীকাল শ্রীনগর যাবার পথে ছয়-সাত মাইল দূরে চটের থলিতে করে নিয়ে গিয়ে ছেড়ে দেওয়া হবে।

ঠাম্মা প্রথম প্রথম কিন্তু কিন্তু করলেও যখন দেখলেন যে ভোটে হেরে গিয়ে জামানত জব্দ হয়ে যাবে তখন নিরুপায় হয়ে, “তাই তবে কর,” বলে সায় দিলেন।

পরের দিন মেজদা শ্রীনগর যাবার পথে বাড়ি থেকে প্রায় আট মাইল দূরে ভিন্ন ভিন্ন জায়গায় ছেড়ে দিয়ে এল। আমরা ঘরে বলাবলি করতে লাগলাম, “যাক বাঁচা গেল।” সারাক্ষণ যেন বিড়াল বাচ্চাগুলি মারছিল জ্বালিয়ে। কেবল দেখলাম ঠাম্মার হৃদয়ে যেন বিরাট পাথর চাপানো। বুঝলাম মঞ্জুরি সহ বিড়াল বাচ্চাগুলি শুধু যায়নি সঙ্গে ঠাম্মার মনটিকে কেড়ে নিয়ে গেছে। লুকিয়ে লুকিয়ে কাপড়ের খুঁট দিয়ে কতবার চোখের জল মুছতে দেখলাম। ঠাম্মার হৃদয়ে তারা কতখানি স্থান দখল করে নিয়েছিল তা আজ স্বচক্ষে দেখলাম। দেখলাম নির্বাসন দণ্ড শুধু মঞ্জুরি এবং তার বাচ্চাদের হয়নি, হয়েছে স্বয়ং আশ্রয়দাতারও। বুঝলাম, “দণ্ডিতের সাথে দণ্ডদাতা কাঁদে যবে সমান আঘাতে, সর্বশ্রেষ্ঠ সে বিচার।” অবশ্য মঞ্জুরি বা তার বাচ্চাদের দোষ দেওয়া যায় না, কারণ সে তার বয়সের ধর্ম ও কর্ম পালন করেছিল মাত্র। কিন্তু বাচ্চারা! তারা কোন অপরাধে নির্বাসন দণ্ড পেল! জানি এ প্রশ্ন অর্বাচীন!

পরের দিন প্রত্যুষে ঠাম্মা ডাকতে লাগলেন, “খোকন দেখে যা, কে এসেছে!” ঠাম্মার ডাক শুনে আমি পাশ ফিরে শুলাম। তিনি আবার ডাকতে লাগলেন, “কই রে! শুনছিস! দেখে যা!” মনে মনে রাগান্বিত হৃদয়ে বললাম, “ওঃ! বুড়িটা জ্বালিয়ে মারল তো! বুড়ির কি রাত্রিবেলা একটু ঘুমও হয়নি! ভোরবেলা একটু ঘুমতে দেবে না!” আবার ডাক শুনে উঠতেই হল, বললাম, “ভোরবেলা ডাকছ কেন?” তিনি মিষ্টিমুখ করে, বিগলিত হয়ে অত্যন্ত প্রফুল্ল চিত্তে বললেন, “এখনও ভোর কী রে বাবা! সূর্য উঠল বলে, দেখবি আয়!” বলেই ঠাম্মাকে এগিয়ে রেখে তার পিছনে অনুসরণ করে রান্নাশালে গিয়ে দেখলাম মঞ্জুরি বিড়াল তপস্বী হয়ে তার এক পুত্র ও এক কন্যাকে নিয়ে উনুন ধারে চুপচাপ বসে আছে। আমি হতবাক হয়ে ঠাম্মার মুখের দিকে তাকিয়ে দেখি তিনি মুখে-চোখে হাসির ঝিলিক নিয়ে আমার

দিকে তাকিয়ে আছেন। আমি ঠাম্মার আঁচলে চোখ দুটিকে কচলে নিয়ে আরও একবার দেখে নিয়ে জিজ্ঞেস করলাম, "মঞ্জুরি এল কী করে?" তিনি আমার প্রশ্ন শুনে আনন্দে বিগলিত হয়ে বললেন, "বাবা, ওরা মা ষষ্ঠী, সব বুঝতে পারে, সব জানতে পারে, যাওয়ার পথ ধরেই ফিরেছে!" আমি জিজ্ঞেস করলাম, "তাহলে, আর তিনটে বাচ্চা গেল কোথায়?" ঠাম্মা তেমনি মৃদু হেসে বললেন, "আসবে আসবে, সব আসবে!" তারপর একটু থেমে বললেন, "আমি জানতুম ওরা ফিরে আসবে।"

তার পরদিন আর একটি বাচ্চা ফিরে এসেছিল এবং তার পরদিন আর একটি। কিন্তু আর একটি বাচ্চার কোন হদিশ পাওয়া যায়নি। অবশ্য তার জন্যে ঠাম্মার মনে কোন ক্ষোভ দেখতে পায়নি। বোধ করি মা সমেত বাচ্চাদের আধারটি পেয়েই আনন্দে তাঁর মন পরিপূর্ণ হয়ে গিয়েছিল।

বছর দুয়েক পরের ঘটনা। আমি তখন কলকাতায় "সিটি কলেজ অফ কমার্স অ্যান্ড বিজনেস এডমিনিস্ট্রেশন" কলেজে ভর্তি হয়েছি। পুজোর ছুটিতে বাড়িতে গিয়ে দেখি মঞ্জুরি নতুন বাড়ির দোতলায় নতুন সংসার পেতে জাঁকিয়ে বসেছে। চারটি বাচ্চার কোনোটির মাথায় লম্বা একটি কালো দাগ, বাকিটা সাদা; কোনোটির পেটের দুদিকে দুটি সাদা দাগ, বাকিটা কালো; কোনোটির অর্ধেক সাদা, অর্ধেক কালো; কোনোটি পুরোটাই সাদা। তাদেরকে দেখে আমার চোখ জুড়িয়ে গেল।

সেদিন বিকেলবেলা লাইব্রেরীর উদ্দেশ্যে যাচ্ছিলাম। মাঝপথে দেখি সুনয়না বৌদি মুখটি হাঁড়ি করে খামারে লাতা দিচ্ছে। বোধ হয় সেদ্ধ ধান শুকতে দেওয়া হবে তারই চলছে প্রস্তুতি পর্ব। আমাকে একবার আড়চোখে দেখে নিয়েই পূর্ববৎ মুখটি হাঁড়ি করে রেখেই নির্বিঘ্নে কাজ করে যেতে লাগল। বুঝলাম, সুনয়না বৌদির মনে একটু আগে সাইক্লোন বয়ে গেছে। সাইক্লোন এখন আর নেই কিন্তু তার চাপ এত বেশি ছিল যে, সে চাপের ভারে তার মুখ নত হয়ে হাঁড়ির মতো দেখাচ্ছিল। অন্য সময় হলে সুনয়না বৌদি আমাকে দেখে মিষ্টি হেসে জিজ্ঞেস করত, "কি ঠাকুরপো! কখন এলে? কেমন ছিলে? কলকাতা কেমন লাগছে?" তারপর একথা সেকথার পর একেবারে মনের কথা জানার জন্যে উৎসুক হয়ে পড়ত। আমি মনে মনে বললাম, "থামো, সুনয়না বৌদি, তোমার মুখ হাঁড়ি করে রাখা বের

করছি!" মনে মনে একটু চিন্তা করে নিলাম যে, কীভাবে কথা আরম্ভ করা যাবে! হঠাৎ মনে পড়ে গেল যে, সে তখন পঞ্চায়েত থেকে 'শি এইচ ভি'-র ট্রেনিং নিয়ে বসে আছে। কথা বলার একটি মারাত্মক অস্ত্র খুঁজে পেয়ে আর নিজেকে সামলে রাখতে পারলাম না। জিজ্ঞেস করলাম,

বৌদি তোমার 'শি এইচ ভি'-র ট্রেনিং আছে না?

সুনয়না বৌদি তেমনি মুখটি হাঁড়ি করে উত্তর দিল,-হ্যাঁ, কেন?

তুমি কেস পিছু সবাইকে কত করে দাও?

ছয় টাকা।

আমি যদি তোমাকে কয়েকটি কেস দিই তাহলে আমাকে কত করে দেবে?

বৌদি তেমনি শান্ত অথচ দৃঢ় কণ্ঠে বলল, সবাইকে যা দিই, তোমাকেও তাই দেব।

আমিও নরম সুরে বললাম, তাহলে আর হল না। অন্য জায়গায় দেখতে হবে, বলে পা বাড়াতে উদ্যত, এমন সময় বৌদির ডাক শুনতে পেলাম।

শোনো!

বোধ করি কয়েকটি কেস তার যেমন হাতছাড়া হয়ে যাচ্ছে তেমনি বেশকিছু টাকাও হাতছাড়া হয়ে যাবে। লোভের বশবর্তী হয়েই বোধ হয় আমায় ডাকল! আমি তার কাছে গিয়ে হাজির হলাম।

সে আবার মৃদু হেসে বলল, এতগুলি কেস তুমি কি কলকাতা থেকে নিয়ে এলে না-কি, ঠাকুরপো?

আমি স্বভাবসিদ্ধ ভঙ্গিতে বললাম, তা জেনে তোমার দরকার কী? তোমার অপারেশন করা নিয়ে কাজ!

সে এবার নরম হয়ে বলল, তা বটে, তবে তুমি যখন বলছ তোমাকে কেস পিছু সাড়ে ছয় টাকা করে দেব।

আমি আর একবার যাচিয়ে দেখে নেবার জন্যে জিজ্ঞেস করলাম, ঠিক বলছ?

বৌদি তেমনি ঘাড় নেড়ে সায় দিয়ে বলল, হ্যাঁ, ঠিক বলছি।

আমি আর দ্বিরুক্তি না করে, কথা না বাড়িয়ে একেবারে আসল কথা বললাম, দেখ বৌদি, আমাদের মঞ্জুরি নামে বিড়ালটি আর তার চারটি বাচ্চাকে অপারেশন করে দিলে অন্ততঃ বিড়াল জন্ম-নিয়ন্ত্রণটি অকেজো হলে আমরা বেঁচে যায়! সে যে হারে সহস্র পুত্রকন্যার জননী হচ্ছে তাতে আর কয়েকদিন বাদেই আমাদেরকে বাস্তু থেকে উচ্ছেদ করে দেবে। তুমি আমাদেরকে তার হাত থেকে বাঁচাও। আমাদের মঞ্জুরি কবেই মহাভারতের গান্ধারীকে পিছনে ফেলে ....।

চুপ করো! একেবারে বৌদির কড়া ধমক খেয়ে দেখি, বৌদিরই আদেশ বার্তা। তারপর একটা লম্বা লাঠি নিয়ে বলল, তোমায় দেখাচ্ছি মজা, বলে আমার দিকে উদ্যত হতেই আমি মারলাম টেনে দৌড়! ওটা আমি ভালই পারি। ফুটবল খেলতাম তো!

সন্ধেবেলা হ্যারিকেনের আলোয় বই নিয়ে পড়তে বসেছি এমন সময় ঠাম্মা লণ্ঠন হাতে ফোগলা মুখে হাসতে হাসতে আমাকে সরাসরি জিজ্ঞেস করলেন, "হ্যাঁ রে খোকন! তোর সুনয়না বৌদিকে কী বলেছিস রে?" বুঝলাম পাড়া মাত হয়ে গেছে। ঠাম্মা তেমনি মিষ্টি হেসে বললেন, "এত দুষ্টু বুদ্ধি তোর মাথায় আসে কী করে?"

পরের দিন লাইব্রেরী যাবার সময় দেখি আশে পাশে, সামনে পিছনে জোড়া জোড়া দুষ্টু মিষ্টি চোখের চাহনি ও হাসির ঝিলিক আমার সারা মুখমণ্ডলে সেঁটে বসে আছে। বুঝলাম ঐ কথাটি নিয়ে ঢাকঢোল বেশ ভালোই পেটানো হয়েছে।

বিড়াল বাচ্চাগুলি সহ মঞ্জুরির উপদ্রব এত বেশি বেড়ে গিয়েছিল যে উঠতে, বসতে, খেতে, শুতে সবসময় তারা নাজেহাল করে মারছিল। কাজেই ঠাম্মা ছাড়া বাকি সবারই মন ভরে উঠেছিল বিতৃষ্ণায়। তারা যে কখনও ইঁদুর ধরত না তা নয়, কষ্ট করে ইঁদুর ধরে মেরে খাওয়ার পরিবর্তে স্বচ্ছন্দে দুধ-ভাত খাওয়ার প্রবণতা বেশি থাকায় বোধ করি তাদের ইঁদুর

ধরার প্রবণতা কমে গিয়েছিল; অধিকন্তু এতগুলি বিড়াল থাকা স্বত্বেও ধেড়ে ইঁদুর, নেংটি ইঁদুর স্বচ্ছন্দে এবং অনায়াসেই ধানের বস্তা, চালের বস্তা, গমের বস্তা কেটে নিজেদের গুদাম ভরাট করার ফলে বিড়াল গুলির প্রতি বেড়ে গিয়েছিল বিদ্বেষের মাত্রা। তাই একদিন সকলে মিলে সিদ্ধান্ত নেওয়া হল যে এবারে মঞ্জুরিসহ সব বিড়াল বাচ্চাগুলিকে দু-মোহনা নদীর ওপারে ছেড়ে দিয়ে আসতে হবে; তাহলে ওরা আর কোনোদিন এত-বড়ো নদী পেরিয়ে ফিরে আসতে পারবে না।

তাই করা হয়েছিল। ঠাম্মার মন সেই ভারাক্রান্ত। গোপনে চোখের জল মোছা, অল্প খাওয়া, দীর্ঘনিশ্বাস ফেলা, খেতে বসে ভুলবশত মঞ্জরীকে ডেকে ফেলে নিজেই লজ্জা পাওয়া, তারপর কোনরকমে অল্প গলাধঃকরণ করে ওঠে পড়া।

এতগুলি বিড়াল যে সারা সংসারটা ভরাট করে রেখেছিল তা সেদিন টের পেলাম। বিড়াল বাচ্চাগুলির অভাবে সারা সংসারটা কেমন যেন ফাঁকা ফাঁকা লাগছিল। তারা উড়ে এসে জুড়ে বসেও সংসারের মাঝে তথা মনের মধ্যে এতখানি জায়গা করে নিয়েছিল যে মাত্র একদিনের ব্যবধানেই তা টের পাওয়া গেল। পরক্ষণেই যখন চিন্তা করলাম যে তারা এখন কোথায় আছে! কী করছে! যদি কুকুর ধাওয়া করে! মনে করেই সারা সর্বাঙ্গে কাঁটা দিয়ে উঠল।

দিন পনেরো কেটে গেছে। মঞ্জুরি ও তার বাচ্চাগুলির স্মৃতি ঝাপসা হয়ে আসছিল। কিন্তু বাধ সাধলো বল খেলতে গিয়ে গড়বেতায়। সে এক রোমাঞ্চকর দিন!

দু-মোহনা নদী পেরিয়ে বল খেলতে যেতে হত গড়বেতায়। দু-মোহনা নদীর এপারে দাঁড়িয়ে দেখলাম নদী তার ভরা যৌবনে উন্মত্ত-প্রায় হয়ে কুলু কুলু শব্দে দুরন্ত গতিতে ছুটে চলেছে সাগর সঙ্গমে মিলনের আশায়। মনে মনে প্রশ্ন করলাম যে এই জলের প্রচণ্ড স্রোতের মুখে যদি কেউ পড়ে তাহলে তার কি আর রক্ষা আছে? চেয়ে দেখলাম যে মাঝিরা যাত্রী নিয়ে নৌকায় করে আসছে মাঝ-নদীতে। এই দু-মোহনা নদীটি প্রায় এক মাইলের ওপর চওড়া। কাজেই আসতে ও যেতে বেশ সময় লাগে, কারণ নৌকা চলাচল করে মাত্র দুখানি।

নৌকা থেকে ওপারে নেমে রাস্তায় ওঠে সাইকেলে চাপতে যাব এমন সময় সেই সুপরিচিত মিউ মিউ ডাক শুনতে পেলাম। বল খেলতে যাবার তাড়নায় প্রথমে শব্দটা অবজ্ঞা করে এক কান দিয়ে ঢুকিয়ে অন্য কান দিয়ে বের করে আবার সাইকেলে চাপতে যাব দেখি কঙ্কালসার মঞ্জুরি একেবারে আমার সামনে মিউ মিউ করে ডেকে চলেছে। তার সেই কঙ্কালসার খাঁচাটি দেখে আমি হতবাক হয়ে বললাম, "মঞ্জুরি, এ কী দশা হয়েছে তোর!" আমার মুখ থেকে তার নাম শুনে সে ছুটে এসে প্রথমে আমার দুপায়ের ওপর সে মাথা রেখে মিউ মিউ করে ডেকে যেতে লাগল, যেন সে বলতে লাগল, "আমায় ক্ষমা করে দাও।" তারপর এক সময় লেজ নাড়তে নাড়তে জিভ দিয়ে চাটতে লাগল আমার পা এবং আমার দুপায়ের মধ্যে বেড় দিয়ে ঘুরতে লাগল। আমি হতবাক হয়ে তার দিকে তাকিয়ে দেখতে লাগলাম তার ক্রিয়াকলাপ। এমন সময় একটি কুকুর আসতেই সে পিছনের গাছে ওঠে গেল।

আমার দলের যারা সঙ্গী ছিল তারা কতদূর গিয়েছিল জানি না। কিছুক্ষণ বাদে তাদের মধ্যে দুজন ফিরে এসে জিজ্ঞেস করল, "কি রে! এখানে দাঁড়িয়ে দাঁড়িয়ে কি করছিস?" বললাম, "কিছু না!" তারপর বলল, "তাড়াতাড়ি চল, সময় নেই বেশি।"

যাবার উপক্রম করতেই মঞ্জুরি আবার মিউ মিউ ডাক দিয়ে আমার মন কেড়ে নিল। কিন্তু সে আর কাছে আসতে পারল না কারণ কুকুরটি দারোয়ানের ন্যায় দণ্ডায়মান গাছের তলায়।

অগত্যা তাকে ফেলে রেখেই বল খেলতে গেলাম গড়বেতায়। বল যে কী খেলেছি তা আমি নিজেও জানি না। সব সময় মনে হচ্ছিল যেন মঞ্জুরি আমার মনটিকে টেনে ধরে রেখেছে! খেলার শেষে বাড়ি ফিরতে উদ্যত হলাম।

মঞ্জুরি আমার আসার অপেক্ষাতেই ছিল। কুকুরটি বোধ হয় খানিকক্ষণ দাঁড়িয়ে থেকে যখন বুঝতে পেরেছিল যে 'আঙ্গুর ফল টক' তখন পালিয়েছে। আমাকে দেখেই সে আবার মিউ মিউ চিৎকার করতে করতে একেবারে আমার কাছে এসে হাজির হল। তার মিউ মিউ ডাকের যে অবোধ ভাষা আমার মতো নির্বোধের পক্ষে বোঝা কঠিন; কিন্তু এই মুহূর্তে সে যে

আমাকে বলতে চায়, "আমি আর কোনো অন্যায় করব না, তুমি শুধু আমাকে ক্ষমা করে তোমাদের বাড়ি নিয়ে চল।" তার বাড়িতে আসার কী করুণ মিনতি, কী কাতর আবেদন, কী সনির্বন্ধ অনুরোধ, সর্বোপরি আমার পায়ের ওপর মাথা রেখে কী সবিনয় প্রার্থনা! আমি রক্তমাংসের শরীর হয়ে অমান্য করি কী করে!

আমি কিংকর্তব্যবিমূঢ় হয়ে তাকে কোলে তুলে নিয়ে তার গায়ে মাথায় হাত বোলাতে বোলাতে বললাম, "দেখ, আমার একার কোনো ক্ষমতায় নেই মঞ্জুরি, তুই বরং এখানেই থাক! বাড়িতে গিয়ে সমস্ত বিবরণ শোনাবার পর যদি বাড়ির লোক অনুমতি দেয় তাহলে কালকেই তোকে আমি নিয়ে যাব।" বলে তাকে ছেড়ে দিলাম।

নৌকা আমার জন্যেই অপেক্ষা করছিল। তাড়াতাড়ি করে আমি নৌকাতে পা দিতেই মাঝি নোঙর তুলে ছেড়ে দিল নৌকা। আমি মঞ্জুরিকে না নিয়ে চলে যাচ্ছি দেখে সে আবার মিউ মিউ করে ডেকে একেবারে জলের ধারে এসে নৌকাতে যাবার জন্যে দিল লম্বা লাফ। নৌকা তখন তার নাগালের বাইরে। কাজেই সশরীরে সে প্রচণ্ড স্রোতের ওপর ঝাঁপিয়ে পড়ল। উন্মত্ত কল্লোলিনী শিলাবতী তাকে খড়কুটোর মতো ডুবিয়ে সলিল সমাধি করে দিল এক ঘূর্ণিপাকে। যেন বলে গেল, "আমার এত কাতর প্রার্থনা যখন তোমার কঠিন সুহৃদয়ের মনে ও কর্ণকুহরে প্রবেশ করল না তখন আমি আর এ জীবন কাউকে দেখাতে চাই না!" আর আমি কিংকর্তব্যবিমূঢ় হয়ে বিহ্বল দৃষ্টিতে স্বার্থপরের মতো অন্তরের অন্তস্তল থেকে ক্ষমা প্রার্থনা করে বললাম, "মঞ্জুরি, এ তুই কী করলি! আমায় ক্ষমা করে দিস মঞ্জুরি, আমায় ক্ষমা করে দিস," বলে নিঃশব্দে তার অজানা অন্তিম যাত্রাপথের দিকে তাকিয়ে রইলাম। ❑

ফুটবলে অনন্ত প্রেম

চমকাইতলায় 'কাদড়া ফুটবল ক্লাব'-এর ফুটবল মাঠটি বড়োই উপযুক্ত। ঘন সবুজ ঘাসে ভরা মাঠ, যেন সবুজ গালিচা পাতা। প্রতি বছর বর্ষার শেষে আরম্ভ হতো শিল্ড-টুর্নামেন্ট। সেখান থেকেই ফুটবলে প্রেম অনন্তর। সে সুযোগ ও সময় পেলে ঘণ্টার পর ঘণ্টা একা-একাই বল নিয়ে প্র্যাকটিস করত। সে এক অনাবিল, অনির্বচনীয় আনন্দে কী এক অমোঘ নেশায় অবশ হয়ে থাকত তার মন! ফুটবলে কিছু একটা করতে হবে, এই ভাবনায় ক্লান্তিকে দূরে ঠেলে মন কেমন ব্যাকুল হয়ে থাকত!

ফুটবল বডি-কন্টাক্ট গেম। তাকে ভালোবেসে, শ্রদ্ধা-ভক্তি করে দেবতার আসনে মনে মনে সুপ্রতিষ্ঠিত করা হয়। তারপর নিজের মনের প্রবল ইচ্ছাশক্তি, অদম্য জেদ, নিরলস পরিশ্রম, নিষ্ঠা ও অধ্যবসায় প্রয়োগ করে ক্ষিপ্রতা, স্কিল, কন্ট্রোল আর টেকনিক আয়ত্ত করতে পারলেই ফুটবল হয়ে যায় অনুগত; এমনকি জানা যায় তাৎক্ষণিক কী ঘটতে চলেছে!

তখন দ্বাদশ শ্রেণীতে 'নেতাজী নগর শ্রীপতি শিক্ষা সদন' স্কুলে পড়ত অনন্ত। স্কুল লাগোয়া সন্ধিপুর গ্রাম আরম্ভ করল একটি 'শিল্ড টুর্নামেন্ট।' প্রথম তিনটি খেলাতেই জয়লাভ করে স্কুল পৌঁছে গেল সেমি-ফাইনালে। সেমি-ফাইনাল খেলা পড়ল 'স্কুল' বনাম 'কাদড়া ফুটবল ক্লাব'। মানে অনন্তর স্কুলের বিরুদ্ধে অনন্তর গ্রাম। আবার 'কাদড়া ফুটবল ক্লাব'-এর অধিনায়ক অনন্তর বড়দা। সে সদর্পে ঘোষণা করে অনন্তকে বলল, 'তুই আমাদের ক্লাবের হয়ে খেলবি!' অনন্ত স্কুলের অধিনায়ক হওয়ার সুবাদে 'নেতাজী নগর শ্রীপতি শিক্ষা সদন'-এর এত এত স্টুডেন্টস তার মুখের দিকে আছে তাকিয়ে। তাদের এত ভালোবাসা, এত আনন্দ, এত কৌতূহল, এত আবেগ উপেক্ষা করে কী করে! স্কুলের সব শিক্ষক মহাশয়রা, এমনকি স্কুলের বর্ষীয়ান, স্বনামধন্য, প্রনম্য গেম-টিচার, স্বয়ং কেশব-বাবু এতবড়ো একটা দায়িত্ব তার কাঁধে তুলে দিয়েছেন, তাঁদের সকলের কথা অমান্য করে কী করে!

পুরো ঘটনাটি অনন্ত তার বাবাকে জানানোর পর, বাবা বললেন, 'তুই স্কুলের হয়েই খেলবি।' তার বাবার মুখ থেকে অনন্তর মনের কথাটি জানার পর, দাদাকে তার বাবার সিদ্ধান্তই চূড়ান্ত বলে জানিয়ে দিল।

পরিণামে অনন্তকে 'কাদড়া ফুটবল ক্লাব' এবং কাদড়ার চমকাই-তলার ফুটবল মাঠ থেকে বহিষ্কৃত হতে হল।

প্রথম সেমি-ফাইনাল খেলা। 'স্কুলকে' হারাবে বলে 'কাদড়া ফুটবল ক্লাব', বিষ্ণুপুর ও তার লাগোয়া খড়কেশুলি থেকে কয়েকজন বেছে বেছে ভালো ফুটবল খেলোয়াড় বরো করে নিয়ে এল। খেলা শেষে ফলাফল দাঁড়াল 0-0; অর্থাৎ ড্র। একটি "নকআউট" টুর্নামেন্ট বা প্রতিযোগিতার অর্থ হ'ল একবার কোনও দল একবার ম্যাচ হেরে গেলে তাদের তাৎক্ষণিকভাবে টুর্নামেন্ট থেকে বাদ দেওয়া হয়। খেলার নিয়মানুযায়ী প্রথম নব্বই মিনিট ড্র থাকলে পরের ত্রিশ মিনিট খেলা হবে। তাতেও ড্র থাকলে টাই-ব্রেকারের মাধ্যমে জয়-পরাজয় নিশ্চিত করা হবে। কিন্তু সেদিন সন্ধিপুরের কর্মকর্তারা ঘোষণা করেছিলেন, 'এত ভালো খেলা সাধারণতঃ দেখা যায় না গ্রামে-গঞ্জে! যতদিন না নব্বই মিনিটে খেলার নিষ্পত্তি হয় ততদিন এই খেলা চলবে! তাই এই খেলা আজকের মতো স্থগিত। পরে খেলার তারিখ জানানো হবে।' মনটা যেন জয়োল্লাসে উন্মত্ত হয়ে নাচতে লাগল অনন্তর।

কাদড়া গ্রাম থেকে স্কুলের দূরত্ব প্রায় ছয় কিলোমিটার। প্রতিদিন বাড়ির ও চাষের অনেক কাজ সেরে এই পথ পায়ে হেঁটে যাওয়া-আসা করতে হয়। স্কুল যাওয়ার পথে অতিক্রম করতে হয় অনেকটা ডাঙা। সুশান্ত ও নব তার অন্তরঙ্গ সহপাঠী বন্ধু। ডাঙার মাঝে সুশান্ত প্রশ্ন করল, 'তোর মতলবটা কী রে?' অনন্ত দোটানায় ভুগছিল। প্রশ্নটা শুনে থমকে গেল! আমতা আমতা করে উদ্বিগ্ন হয়ে বলল, 'কঠিন সমস্যায় পড়েছি! গোল দেওয়া এবং খাওয়া দু'টোই কষ্টকর। গোল দিলেও আমার গায়ে লাগবে আবার গোল খেলেও আমার গায়ে লাগবে!'

অনন্তর কাতর বাক্য শুনে সুশান্ত বলল, 'হে ফুটবল-প্রেমী-অনন্ত! বল খেলার মাঠ একটি যুদ্ধক্ষেত্র, সেখানে হার-জিত তো আছেই! খেলার মাঠে ভালো খেলে জেতাটাই আসল কথা। সেখানে বিপক্ষ কে এসব দেখলে চলে না। মহাভারতে কুরুক্ষেত্রের মাঠে ভগবান শ্রীকৃষ্ণের কথাগুলো একবার

ভেবে দ্যাখ! রণাঙ্গনে ভাই-বোন, আত্মীয়-স্বজন, বন্ধু-বান্ধব বলে কেউ নেই। জয়-পরাজয় চিন্তা না করে যুদ্ধ করাই যেমন ক্ষত্রিয়ের ধর্ম, তেমনি জয়-পরাজয় চিন্তা না করে ভালো খেলাটাই প্রকৃত ফুটবলারের ধর্ম। কর্মফলের স্পৃহা ত্যাগ করে কর্তব্যকর্ম সম্পাদন করাটাই একপ্রকার ধর্ম। কাজেই তোর উচিত নিজ কর্মে নিবিষ্ট হওয়া। তোর ঐ দুরন্ত স্কিল, দুর্দান্ত গতি, অসাধারণ ড্রিবলিং স্কিলস আর মাথার জাদু দেখার জন্যে হাজার হাজার লোক তাকিয়ে আছে! মন থেকে দুর্বলতা দূর করে ফুটবলের প্রতি একাগ্রতা হয়ে অনুশীলন করে নির্দিষ্ট লক্ষ্যে পৌঁছোনোই একমাত্র কর্তব্য ও কর্ম বলে আমার মনে হয়!'

নব এতক্ষণ সুশান্তর কথাগুলো মন্ত্র-মুগ্ধের মতো শুনছিল। আর থাকতে না পেরে বলল, 'তুই যে অনন্তকে ওভাবে তাতাচ্ছিস, একবারও কী ভেবে দেখেছিস, যে ফুটবল খেলাটির কথা বলছিস; সেই খেলাটি কাদড়া গ্রামের চমকাইতলা ফুটবল মাঠ থেকে শিখেছে! কাদড়াতে ওর জন্ম, কাদড়াতে ওর খেলার জন্ম, কাদড়া ওর হৃদয়, কাদড়া ওর প্রাণ, আজ কাদড়া হেরে গেলে লোকে ওকে ছি-ছি করবে! নেপাল-কা, অজিত-দা, মথুর-দা এনাদের ফুটবলের অবদানগুলো ভুললে চলবে! লক্ষ্মী-কা না থাকলে ও বুট কিনতে পারত! অবশ্য ও তাকে একটি নাইলন সুতো দিয়ে মাছ ধরার জাল বুনে দিয়েছিল। প্রতিবছর চমকাইতলা ফুটবল মাঠে শিল্ড-টুর্নামেন্ট না হলে এ-খেলার অনুপ্রেরণা পেত কোথা থেকে?...

নবর মুখ থেকে একরকম কথা কেড়ে নিয়ে সুশান্ত বলল, দ্যাখ্ নব, দুটো দল শক্তিশালী না হলে সাধারণত জিনিয়াসদের চেনা যায় না, ভালো খেলাটি বেরিয়ে আসে না! হাজার হাজার দর্শক শুধু যে তাদের প্রিয় দলের জয় দেখতে আসে তা নয়; ফুটবলে বিভিন্ন স্কিল ও টেকনিক দেখার জন্যে মাইলের পর মাইল হেঁটে আসে কত দর্শক। ফুটবলে পায়ের জাদু কিছু কিছু দেখা যায় গ্রামে-গঞ্জে। কিন্তু মাথার জাদু কী জিনিস, ক'টা লোক দেখেছে! বলটি মাথায় নিয়ে ক্রু...ক্রু...ক্রু...ক্রু...ক্রু...ক্রু...ক্রু...ক্রু...ক্রু...ক্রু...করে ড্রাম বাজানোর মতো ঢু...ঢু...ঢু...ঢু...ঢু...ঢু...ঢু...ঢু...ঢু...ঢু... করে বলটি মাথায় নাচানো, ক'টা লোক দেখেছে! তারপর বলটি মাথায় নিয়ে এক জায়গায় দাঁড়িয়ে হেড দিয়ে, মাথা চেলে নিজেদের ও বিপক্ষদলের খেলোয়াড়দের মাথার ওপর দিয়ে নিয়ে গিয়ে আবার ইউ-আকৃতির টার্ন নিয়ে নিজের মাথায়

নিয়ে আসা, এরকম অবিশ্বাস্য অথচ বাস্তব ঘটনা, ক'টা লোক দেখেছে! একবার নয় বারবার। বারবার। বায়ুর প্লবতাকে কেন্দ্র করে, প্রাণায়ামের সাহায্যে কীভাবে বাতাসে ভেসে থাকা যায়, ক'টা লোক দেখেছে! সেজন্যেই কেশব-বাবু দুঃখ করে বার বার বলেছেন, 'অনন্তর বল খেলায় যা দক্ষতা, তা সে বিশ্বকাপে খেলার যোগ্যতা রাখে! কিন্তু আমাদের সে সুযোগ নেই। আমরা দুঃখিত, অনুতপ্ত।'

মোক্ষম চালটা চেলে বসল নব, 'তবু বলব, কাদড়া গ্রাম আমাদের মায়ের সমান। কথায় বলে, জননী জন্মভূমিশ্চ স্বর্গাদপী গরীয়সী, আমি শুধু একবার তোদেরকে মনে করিয়ে দিলাম।' ...

অনন্ত ওদের দুজনকে থামাবার জন্যে বলল, 'ধর, যদি গোল না দিই এবং গোল না খাই, তাহলে কেমন হয়!' ওরা দু'জনেই তার কথাটি লুফে নিয়ে বলল, 'দারুণ সিদ্ধান্ত।' অনন্ত মনে মনে বলল, ফুটবলে কখন যে কী হয় কেউ জানে না! মুখে বলল, 'দেখা যাক কী হয়!'

দ্বিতীয় দিনেও ড্র।

তৃতীয় দিনে 'কাদড়া ফুটবল ক্লাব' মেদিনীপুর শহর থেকে 'ইলেভেন বুলেটস'-এর পনেরো জনের একটি টিম বরো করে নিয়ে এল খেলার একদিন আগে। পুকুরের মাছ, মাঠের শাকসবজি আর বাড়ি বাড়ি চাল, ডাল, তেল, নুন নিয়ে তাদেরকে চর্ব্য, চষ্য, লেহ্য, পেয় করে দু'দিন ধরে খাওয়াল। তা শুনে হেডস্যার শ্রী ভাস্কর রায় মহাশয় ক্লাসে ঘোষণা করে বললেন, 'অনন্ত যদি স্কুলকে কোনো শিল্ড এনে দিতে পারে তাহলে আমি তাকে কলকাতায় ভালো কলেজে ভর্তি করে দেব।' সে এক অসাধারণ খেলা হল গোলশূন্য। পরের বার 'কাদড়া ফুটবল ক্লাব' আর খেলতে আসেনি। ফলে ওয়াকওভার পেয়ে ফাইনালে পৌঁছে গেল স্কুল অনায়াসেই। কিন্তু সন্ধিপুর গ্রাম থেকে শিল্ড আনতে পারেনি মূলত অনন্তর দুর্বলতার জন্যেই। সে জন্যে সে ক্ষমাপ্রার্থী। আসলে তার লক্ষ ছিল 'জগন্নাথপুর' মাঠ।

সেই বছরেই 'জগন্নাথপুর' মাঠে দুর্দান্ত ড্রিবলিং স্কিলস আর দুরন্ত গতিতে বিপক্ষ দলের ডিফেন্সকে চুরমার করে অসাধারণ ফুটবল খেলে স্কুলে এনেছিল 'শিল্ড'। উচ্চমাধ্যমিকের রেজাল্ট-আউটের পর হেডস্যার তাঁর কথা মতো কলকাতায় 'সিটি কলেজ অব কমার্স এন্ড বিজনেস এডমিনিস্ট্রেশন'

কলেজে ভরতি করে দিলেন অনন্তকে। তারপর তিনি ফিরে গেলেন গ্রামে। অনন্ত ও তার সহপাঠী অজিত রয়ে গেল। কারণ অজিতের ভর্তির জন্যে কেমিস্ট্রি-অনার্সের রেজাল্ট আউট হয়নি তখনও 'সিটি কলেজ' মেন-এ। তারপরের দিন থেকেই শুরু হল অবিরাম বৃষ্টি। ১৯৭৮ সালের সেই বন্যার দিন কুড়ি পরে গ্রামে ফিরে বরো হয়ে বল খেলতে গেল মহেশপুর মাঠে। খেলার মাঝে তার বাম পায়ের পিছনে, হাঁটুর নিচে মানে কাফ মাসেলে বুটের ডগায় করে সজোরে মারল লাথি বিপক্ষ দলের এক খেলোয়াড়। সে তীব্র আর্তনাদ করে মাটিতে পড়ে গেল। রেফারী ও লাইন্সম্যান চ্যাংদোলা করে রেখে দিয়ে এল মাঠের বাইরে। সে দাঁড়াতে পারছিল না কিছুতেই। বুঝে উঠতে পারছিল না যে কী করে বাড়ি ফিরবে। এমন সময় কোথা থেকে হঠাৎ এসে হাজির সেই অজিত! প্রথমে সে তার সাইকেলে করে তাকে নিয়ে গেল শিলাবতী নদীর ধারে। তারপর কাঁধে করে প্রায় ত্রিশ ফুট খাড়া উঁচু শিলাবতী নদীর পাড় কী করে যে পার করিয়েছিল তা ভাবলে আজও তার শরীর শিউরে উঠে! সেখান থেকে আবার সাইকেলে তাদের 'গড়বেড়িয়া' গ্রামের বাড়িতে। সেখানে তাদের বাড়িতে চার দিন শয্যাশায়ী হয়ে পড়েছিল, কেউ কোনো খোঁজখবর নেয়নি। বেঁচে থাকো অজিত। তোমার দীর্ঘায়ু কামনা করি।

কলেজে ক্লাস শুরু হল কলকাতায়। এখানে স্নেহ নেই, মায়া নেই, মমতা নেই, থাকার জায়গা নেই, খাবার পয়সা নেই, অসুস্থ হাঁটু নিয়ে দেখাতে যায় 'মেডিকেলে,' তারপর 'স্টুডেন্টস হেলথ হোমে।' ডাক্তারবাবু বললেন, 'অপারেশন করাতে হবে। বাড়ির লোককে নিয়ে এস।' কিন্তু মূলত বাড়ির লোকের সম্পূর্ণ অসহযোগিতায় তার সব চেষ্টা ব্যর্থ হয়। বস্তুত ঘরের শত্রু যদি বিভীষণ হয় সেখানে জেতা প্রায় অসম্ভব! নিজের অজান্তেই হার নামক শব্দটি কপালের লিখন হয়ে যায়। মহাকাব্যে রামায়ণের পরম পরাক্রমশালী শিবভক্ত রাবণ যুদ্ধে জয়লাভ করতে পারেননি ঘরশত্রু বিভীষণের জন্যে, আর অনন্তের ঘরে ছিল তিন তিনটে বিভীষণ! ভাবা যায়! বাইরের শত্রুর সঙ্গে লড়াই করে জয়লাভ করা যায় কিন্তু ঘরশত্রু বিভীষণের সঙ্গে লড়াই করা যায় না। কাজেই সর্বক্ষেত্রে হার অবশ্যম্ভাবী হয়ে দাঁড়াল!

ফুটবল থেকে বিচ্ছিন্ন হওয়ার ফলে অন্তহীন হতাশায় আর অব্যক্ত বেদনায় ঘুরে ফেরে ভবঘুরে উদ্ভ্রান্ত অনন্ত।

****

১৯৯৪ সালে যেদিন বিশ্ব সুন্দরী হলেন সুস্মিতা সেন, সেদিন সাংবাদিকরা জিঞ্জেস করলেন, 'আপনার মতো আরও অনেক সুন্দরী ছিলেন কিন্তু তাঁরা হতে পারলেন না, তাঁদের সম্বন্ধে কী বলতে চান?' সুস্মিতা সেন উত্তর দিলেন, 'যাঁরা বিশ্ব-সুন্দরী হতে পারলেন না, তাঁরা যেন একটুও ভেঙ্গে না পড়েন! অনেক লাইন আছে! কোনো একটি লাইন চুজ করে যেন সেদিকে চলে যান।' কথাটি শুনে অনন্ত মাথায় হাত দিয়ে বসে পড়ে মনে মনে ভাবল, এই সহজ সরল বাস্তব সত্যি কথাটি যদি আজ থেকে পনেরো বছর আগে কেউ শোনাত তাহলে তাঁর জীবনটি অন্য ধারায় প্রবাহিত হতে পারত!

কখনো-কখনো জীবনে একটি ভুল জেদ, একটি ভুল সিদ্ধান্ত, একটি ভুল কাজ, একটি ভুল পরিকল্পনা এবং নিজের কাছের তৃতীয় ব্যক্তি থাকলে জীবনকে বিপর্যস্ত করার জন্য যথেষ্ট! জীবনের ব্যর্থতার দুর্বিষয় যন্ত্রণায় হারিয়ে ফেলে বেঁচে থাকার রসদটুকু! আসলে টিন-এজ বয়সের সুস্থ চিন্তা-ভাবনার আংরাগুলিকে উস্কিয়ে দেবার জন্যে কমপক্ষে এমন একজনের প্রয়োজন; সে বাবা, মা, ঠাকুমা, দাদু, ভাই, বোন, আত্মীয়স্বজন, বন্ধু-বান্ধব বা কোচ, যে কেউ হোক না কেন, পিঠে হাতটি রেখে, সঠিক পথটি দেখিয়ে দিয়ে বলবে, তুমি এগিয়ে চল, আমি আছি। যাদের কপালে জোটে তাদের জীবন তরতর করে এগিয়ে যায়; যাদের কপালে জোটে না তাদের লাঞ্ছনা, গঞ্জনা, অপমান, কটাক্ষ, বিদ্রূপ এসব সহ্য করে, উপেক্ষা করে, এগোতে এগোতে অনেক দেরী হয়ে যায়। তখন তার আর কিছু করার থাকে না। অনন্ত সেই দ্বিতীয় শ্রেণীর হতভাগা একজন।

অতীত স্মৃতি রোমন্থন করে যখন ব্যর্থতার কারণগুলি খোঁজার চেষ্টা করছিল অনন্ত, ঠিক সেই সময় কানাই এসে হাজির। কানাই-মানে কানাই শীল। যে ছিল ফুটবল মাঠের রাইট উইঙ্গার, অনন্তর প্রধান ভরসা। তার মেয়ের বিয়ে উপলক্ষ্যে আগমন। প্রায় আটত্রিশ বছর পরে মুখোমুখি দেখা। চেহারার আমূল পরিবর্তন। চেনা যায় না বললেই হয়। কথার স্বর শুনে চিনল।

রাত্রিবেলা খাওয়া-দাওয়ার পর্ব সেরে শুতে যাবার সময় কানাই বলল, 'তোর কাছ থেকে আমার কয়েকটা কথা জানার আছে! যা আমি প্রায় আটত্রিশ বছর ধরে অপেক্ষা করছি!' অনন্ত শুতে শুতেই বলল, 'তা তোর প্রশ্নগুলো আগে শুনি!'

-গড়বেতার মাঠে খেলার শেষার্ধে শূন্যে বলটাকে তিন-চারবার পাক খাইয়েছিলি কী করে? যেটা গোলে ঢুকবে ঢুকবে করেও ঢুকল না!

-সন্ধিপুর মাঠে সেমি-ফাইনাল খেলাতে তুই যখন থ্রো-ইন করতে গেলি তখন এক মুসলমান ভদ্রলোক তার সাদা লম্বা দাড়ি, মাথায় সাদা টুপি, পরনে সাদা পাজামা, সাদা পাঞ্জাবী পরা দাদু, তোকে কী বলেছিলেন?

-তুই বলটি আমাকে থ্রো-ইন করে তোর মাথায় রাখতে বললি! আমি তাই করলাম। কিন্তু আমি দেখলাম যে তুই বলটি মাথায় নিয়ে একের পর এক খেলোয়াড়দের মাথার উপর দিয়ে পাঠিয়ে বলটি আবার ইউ-টার্ন নিয়ে তোর মাথায় ফিরিয়ে নিয়ে এলি কী ভাবে? প্রায় পাঁচ মিনিট ধরে একুশ জন প্লেয়ারের যে-যার নিজের জায়গায় দাঁড়িয়ে দাঁড়িয়ে হাঁ করে দেখা ছাড়া আর কোনো উপায় ছিল না! এটা কী করে সম্ভব? তারপর বলটি মাথায় নিয়ে ক্রু...ক্রু...ক্রু...ক্রু...ক্রু...ক্রু...ক্রু...ক্রু...ক্রু...ক্রু করে ড্রাম বাজানোর মতো ঢু...ঢু...ঢু...ঢু...ঢু...ঢু...ঢু...ঢু...ঢু...ঢু... করে বলটি অতক্ষণ ধরে মাথায় নাচিয়ে ছিলি কী ভাবে?

-আর!

-আর সন্ধিপুর মাঠে সেমি-ফাইনাল খেলার দিনে তুই আমাদের গোল-লাইনে গিয়ে একটি গোল বাঁচানোর পর, কেশব-বাবু যখন 'আক্রমণ' বলে একটি হুঙ্কার ছাড়লেন তখন তুই বাঁ-পায়ে বলটিকে ধরে 'কানাই' বলে একটি ডাক দিয়ে আমার উদ্দেশ্যে পাঠালি। এই ডাকটির অর্থ শুধুমাত্র আমিই জানি। আমি গতিবেগ বাড়িয়ে বিপক্ষ দলের টাচ-লাইন ও গোল-লাইনের সংযোগস্থলে গিয়ে হাজির হয়ে বলটিকে ধরে গোলপোস্ট লক্ষ্য করে বলটাকে উঁচুতে ভাসিয়ে মারলাম। তুই দুরন্ত গতিবেগে ছুটে গিয়ে মাটিতে ভর দিয়ে গোলপোস্টের বারের উপর লাফিয়ে শূন্যে চিৎ হয়ে ভেসে রইলি। আমি বলটি তোকে উদ্দেশ্য করে পাঠালাম। তুই বলটি বুকে করে ধরে যখন সোজা হলি তখন বলটিকে পায়ে করে একটু ঠেলে দিলেই গোল

হত, কিন্তু তুই তা করলি না কেন? একবার বলটি ড্রপ খেল তুই তখনও শূন্যে, দ্বিতীয়বার ড্রপ খাওয়ার পর গোলকিপার বলটি ধরল। মানে কিছুই ভাবতে পারছি না! একটু খোলসা করে বল!

অনন্ত একটি গভীর দীর্ঘ নিশ্বাস ফেলে বলতে লাগল, 'আর্কিমিডিসের নীতি ও প্লবতাকে কেন্দ্র করে জলের প্লবতা ও প্রাণায়ামের বিভিন্ন কৌশল প্রয়োগ করতে গিয়ে উপলব্ধি করে যে জলের মতো বায়ুও একটি ঊর্ধ্বমুখী ঘাত বা বল প্রয়োগ করে। এই বায়ুর প্লবতাকে ফুটবল মাঠে প্রয়োগ করার জন্যে নিজের মনে মনে চিন্তা করে। দেখা যায়, বাতাসের অভিমুখে বল মারলে বাতাসের গতিবেগ ও বলের গতিবেগ একসঙ্গে মিশে বলের গতিবেগকে বাড়িয়ে দেয়, তখন বল দ্রুতবেগে ধাবিত হয়। পক্ষান্তরে বাতাসের বিপরীত অভিমুখে বল মারলে বলকে বাধা দেয় বাতাস। এখন বাতাস যদি জোরে প্রবাহিত হয় এবং বলকেও যদি বাতাসের বিপরীত অভিমুখে সজোরে মারা হয় তাহলে জোরে প্রবাহিত বাতাস বলকে বাধা দেয়! বলও যেহেতু প্রবল গতিবেগে ধাবিত হয়, সেহেতু বল বাতাস ভেদ করে যাবার চেষ্টা করে! দুটি বস্তুর মধ্যে প্রবল গতিবেগ থাকায়, কেউ কাউকে হারাতে না পেরে বল তর্ তর্ করে উপর দিকে উঠতে আরম্ভ করে, একদম রকেটের মতো, হাঁ করে দেখার মতো! একসময় বলের গতিবেগ শেষ হয়ে যায়, কিন্তু বাতাসের গতিবেগ থাকে, তখন পৃথিবীর অভিকর্ষ বলের জন্যে বল মাটির দিকে নামতে আরম্ভ করে। যখন জোরে বাতাস দেয় তখন তার গতিবেগ কিন্তু এক থাকে না। কিছুটা কমে তো পরক্ষণেই আবার বাড়ে। আবার কমে, আবার বাড়ে। এই কমা, বাড়া, বায়ুর প্লবতা এবং পৃথিবীর অভিকর্ষ বলের ফলে, বল একরকম পাক খেয়ে খেয়ে নিচে নামতে আরম্ভ করে। সেদিন এভাবেই গড়বেতার মাঠে গোলপোস্টের অনেক উঁচু থেকে বলটি পাক খেয়ে খেয়ে নিচে নামতে নামতে ক্রসবারের উপর এসে যখন বলটি গোলে ঢুকব ঢুকব করে, গোলকিপার দু’-তিন বার লাফিয়েও যখন বলটিকে কব্জা করতে পারে নি; ঠিক সেই সময় একটি দমকা বাতাস এসে বলটিকে ঠেলে ক্রসবারের বাইরের গায়ে স্পর্শ করে মাঠের বাইরে পাঠিয়ে দেয়। গোল হয়নি ঠিকই; কিন্তু অসংখ্য করতালি আর বাহবা ধ্বনিতে সারা মাঠ মুখরিত হয়। তারপর দর্শকরা আনন্দ আর বিষ্ময় নিয়ে কী দেখলাম, কী দেখলাম বলে বাড়ি ফেরে!'

আর একটা ঘটনা বলি শোন!-

চমকাইতলার ফুটবল মাঠটি উত্তর - দক্ষিণে লম্বা। এক শিল্ডটুর্ণামেন্ট ম্যাচে সেমি ফাইনাল খেলার দিনে মাঠের উত্তর দিকের পেনাল্টি বক্সের দক্ষিণ-পশ্চিম কোণের একটু বাইরে একটি ডাইরেক্ট ফ্রি কিক পেল অনন্ত। সে বলটিকে দু'হাতে করে অত্যন্ত যত্নের সঙ্গে ধরে ঠিক জায়গায় বসাল। এবার বলটি থেকে সোজা দক্ষিণে দশ হাত দূরে কিক করবে বলে উত্তর দিকে মুখ করে দাঁড়াল। এ-পর্যন্ত বলে কানাইকে জিজ্ঞেস করলাম, 'বলতো যদি গোল করতে হয় তাহলে সে বলটিকে কোন পায়ে মারবে?' কানাই একটুও সংকুচিত না হয়ে বলল, 'কেন, বাম পায়ে!' আমি একটু থেমে বলতে লাগলাম, 'শুধু তুই কেন! বিশ্বের তাবড় তাবড় খেলোয়াড়রাও একবাক্যে বলবে বাম পায়ে কিক করবে?' কানাই অবাক হয়ে জিজ্ঞেস করল, 'বাম পা দিয়ে মারে নি?' আমি বললাম, 'না, শোন তাহলে! তখন সে বাতাসের গতিবেগটা দেখে নিয়েছে! বায়ুকোণ থেকে অগ্নিকোণে বইছে বাতাস! শ্রী নেপাল ঘোষ মহাশয়, সম্পর্কে আমার কাকাবাবু, যিনি অত্যন্ত দক্ষতার সঙ্গে খেলা পরিচালনা করছেন। মানে তিনি রেফারি ছিলেন। কিক করার জন্যে বাঁশি বাজালেন। অনন্ত দুরন্ত গতিবেগে ছুটে এসে বামপাটাকে বল থেকে এক হাত পশ্চিমে রেখে ডান পায়ের গোড়ালিটাকে ঘুরিয়ে গোলপোস্ট লক্ষ্য করে সজোরে মারল। তার সেই কিক দেখে সারা মাঠ অট্টহাসিতে ভরে গেল! বল বাতাসে তর তর করে উঠে গেল গোললাইনের উপরে। তখনো দর্শকবৃন্দ অট্টহাসিতে মশগুল। একটি কথা মনে রাখতে হবে যে অট্টহাসি মানেই কিছুক্ষণের জন্যে দুর্বলতার বহিঃপ্রকাশ! সেই দুর্বলতা কাটিয়ে ওঠার আগেই গোলকিপার সহ সব খেলোয়াড়রা এবং দর্শকবৃন্দ দেখল যে বাতাসে বাঁক খেয়ে ইনসুইং করে ঠিক পুব দিকের গোল পোস্ট ঘেসে গোলে ঢুকে গেল বল! তা দেখে সারা মাঠ বিষ্ময়ে নিস্তব্ধ, পরক্ষনেই অনুধাবন করে হাততালিতে ভরে গেল মাঠ! রবীন্দ্রদা ছুটে এসে অনন্তর পিঠে হাত চাপড়ে অভিবাদন জানিয়ে বলল, 'সাবাশ, অসাধারণ গোল।' এই সেই রবীন্দ্রদা যার কথা না বললেই নয়! রবীন্দ্রদা ছিল এক অনবদ্য নির্ভরযোগ্য ডিফেন্ডার। যার উপর ভরসা করা যায়। অনন্ত সময় পেলেই একা একাই বল নিয়ে কঠোর অনুশীলন করত। ঘন্টার পর ঘন্টা অনুশীলন

করছে দেখে রবীন্দ্রদা বাড়ি থেকে পানীয় জল বয়ে নিয়ে এসে অনন্তকে পান করাত।' বেঁচে থাকো রবীন্দ্রদা। তোমার সুস্বাস্থ্য ও দীর্ঘায়ু কামনা করি।

আরও একটা ঘটনার কথা বলি!-

গোল দেওয়ার পর যে গোল করে তার তখন আনন্দে সারা শরীর উত্তেজনায় টগবগ করে ফুটে ওঠে তারুণ্যের রক্ত। এমন সময় দুরন্ত গতিবেগে ছুটে প্রথমে দম ভরে শ্বাস নিয়ে তারপর পুরো শ্বাস ছেড়ে রণাঙ্গনের ভূমিকায় বায়ুর প্লবতাকে ভর করে মাটি থেকে প্রায় পাঁচ ফুট উপরে লাফিয়ে বাতাসে দাঁড়িয়েছিল ওই অনন্ত। বংশী পাল অনন্তর বাম পায়ের পাতা দু' হাতে করে ধরে ঝুলেছিল, তবুও অনন্তকে বাতাস থেকে নামাতে পারেনি! খানিক পরে অনন্ত নিজেই মাটিতে নেমে এসেছিল। নেপালকা সমেত সব খেলোয়াড়রা তা দেখে বিষ্ময়ে হতবাক!

কানাই কথাগুলো কেমন ভাবে নিচ্ছিল তা বোঝার উপায় নেই। কারণ লাইট অফ করে দুজনেই শুয়ে পড়েছি। দুজনের নিস্তব্ধতা ভেঙে আমি ডাকলাম, 'কিরে কানাই! ঘুমিয়ে গেলি নাকি!' কানাই আমার ভুল ভেঙে দিয়ে বলল, 'এরকম কত অলৌকিক ঘটনা আমি নিজের চোখে দেখেছি! আর যেগুলো দেখিনি সেগুলো তোর মুখ থেকে না শুনলে আমি বিশ্বাসই করতাম না! কাজেই এসব কথা শোনার পর আর ঘুম ধরে!' আমি, 'হুঁ' বলে কিছু একটা বলতে যাবার আগেই কানাই জিজ্ঞেস করে বসল 'দ্বিতীয় প্রশ্নটা?'

'মুসল মান ভদ্রলোক দাদু বলেছিলেন, 'ভাই তোমার নাম আমি অনেক শুনেছি, তোমার খেলা দেখব বলে আমি দশ মাইল রাস্তা হেঁটে এসেছি। আমায় একটু খেলা দেখাও ভাই?' অনন্ত তার মাথার ভেল্কি দেখিয়েছিল মাত্র। যেটা শুধু ঠিক টাইমে মাথা চেলে বলটিকে প্রথমে দাদুর মাথার উপর দিয়ে পাঠিয়ে ইউ আকৃতির টার্ন নিয়ে আবার নিজের মাথায় ফিরিয়ে নিয়ে এসেছিল, এভাবে এক এক করে নিজেদের ও বিরুদ্ধ দলের কয়েকজন খেলোয়াড়দের মাথার উপর দিয়ে বল পাঠিয়ে আবার নিজের মাথায় নিয়ে এসেছিল যেটা অবিশ্বাস্য অথচ বাস্তব যা বার বার অভ্যাস ছাড়া আর কিছু নয়। অর্থাৎ পূর্ণ মনোযোগ সহকারে বার বার অনুশীলন করা। তারপর বলটি মাথায় নিয়ে বার বার মাথায় একই জায়গায় ড্রপ খাওয়ানোর

ফলে বলটি একরকম হয়ে যায় অনুগত। ঠিক সেই সময় দম ভরে শ্বাস নিয়ে চোয়াল শক্ত করে বলটিকে মাথার একই জায়গায় রাখলে ক্রু...ক্রু...ক্রু...ক্রু..করে ড্রাম বাজানোর মতো ঢু...ঢু...ঢু...ঢু...ঢু.... করে নাচতে থাকে। শুধু লক্ষ্য স্থির রেখে অনুশীলনের পর অনুশীলন করা।

'অবিশ্বাস্য, অথচ বাস্তবে আমি নিজের চোখে যা দেখেছি তা কেমন করে অবিশ্বাস করি?' কানাই কথাটি বলতে বলতে বিছানায় ওঠে বসে জিজ্ঞেস করল, 'আর ক্রসবারের উপর শূন্যে বায়ুর উপর ভর করে অতক্ষণ ভেসে থাকা?'

'ওটা বায়ুর প্লবতা ও প্রাণায়ামের সংমিশ্রণ। প্রাণায়াম মানে শ্বাস নেওয়ার থেকে শ্বাস ছাড়ার টাইমটি বাড়াতে হবে আর শূন্যে চিৎ হয়ে শুতে হবে। বলা-বাহুল্য বায়ুর গভীরতা বাড়ালে বায়ুর প্লবতাও বাড়বে, ভাসতে সুবিধা হবে।'

কানাইয়ের মুখ দিয়ে আর কোনও কথা নেই দেখে জিজ্ঞেস করলাম, 'কি রে! কিছু বলছিস না যে!'

কানাই একটি গভীর দীর্ঘনিশ্বাস ফেলে বলল, 'মান্নাদের সেই গানটিই মনে পড়ছে, 'কী চেয়েছি আর কী যে পেলাম', তোর এত বড়ো স্বপ্ন, এত বড়ো স্কিল, এত বড়ো দক্ষতা, ফুটবল যার প্রাণ, ফুটবল যার হৃদয়, একসঙ্গে সব ভেঙ্গে চুরমার হয়ে গেল!'

অনন্ত নিজের অবচেতন মন থেকে বলতে লাগল, 'মায়ের অভিশাপ এভাবে তার গায়ে লাগবে বুঝতে পারেনি!' কানাই তড়াক করে বিছানা থেকে ওঠে বসে বলল, 'মানে!' অনন্ত কথাটি এড়িয়ে যাবার চেষ্টা করছিল, বলল, 'ছাড়!' কানাই একরকম জেদ ধরে বলল, 'তা কেন? এটাও তো জীবনের অঙ্গ!'

অনন্ত একটু থেমে হৃদয়ের অন্তস্তল থেকে গভীর দীর্ঘনিশ্বাস ফেলে বলতে লাগল, 'মহেশপুর মাঠে বল খেলতে যেতে দিতে চায়নি মা। ফুটবলে অনেক বড়ো হতে হবে এই স্বপ্নে সে বিভোর ছিল। কলকাতায় বড়ো ক্লাবে খেলবে এই ভাবনায় সে নিজেকে তৈরি করার চেষ্টা করছিল সেটা বাড়ির কেউ কোনোদিন বোঝার চেষ্টাই করেনি। ফুটবল খেলেও যে অনেক বড়ো

হওয়া যায় সেটা তাদের মাথায় কোনোদিন আসেইনি। ফুটবলের যে একটি বৃহৎ জগৎ আছে সেটি তাদের একেবারে চিন্তা-ভাবনার বাইরে। কাজেই মায়ের কথা অমান্য করে যাবার জন্যে উদ্যত হতেই মা বলেছিল, 'এই যেন তোর শেষ খেলা হয়।' এর আগেও তো মায়ের কত কথা অমান্য করেছে, কোনোদিন কিছু হয়নি। কিন্তু সেদিন অভিশাপে জীবন বিপর্যস্ত হয়ে যায়।

মায়ের কথা যখন উঠল তখন একটা কথা না বললেই নয়! মহাদেববাবু ক্লাসে অংক করাচ্ছেন। ফুলুই সংলগ্ন কয়াপাট ও বদনগঞ্জ থেকে পড়তে আসা স্বপন ও রামপ্রসাদ নামে দুই সহপাঠী অনন্তর পাশে বসে। স্বপন চুপি চুপি বলল, 'ফুলুই ক্লাব থেকে পাওনা তোর অনেকগুলো প্রাইজ আছে!' প্রাইজের কথা শুনে মনটা আনন্দে ভরে উঠল অনন্তর। ক্লাস শেষ হতেই রামপ্রসাদও বলল, 'তোর নামে অনেকগুলো প্রাইজ আছে। কাদড়া ক্লাবের ক্যাপ্টেনকে চিঠি দিয়ে জানানো হয়েছে। আগামী রবিবার বিকাল চার টার সময় পুরস্কার বিতরনী অনুষ্ঠান হবে, চিঠি না পেলেও তুই চলে যাবি।'

অনন্তর বড়দা ক্যাপ্টেন। মানে নামেই ক্যাপ্টেন। কোনো প্রতিযোগিতায় অংশ গ্রহণ করার মতো দক্ষতা ছিল না। অনন্তর প্রতি হিংসায় সে অন্তরে অন্তরে কুটিল চক্রান্ত করত যেটা অনন্ত কোনোদিন ঘুনাক্ষরেও টের পায়নি। বাড়িতে এসে বড়দাকে জিঞ্জেস করতেই সে অস্বীকার করে বলল যে ওসব বাজে কথা। রবিবার দিন পাড়ার সুকুমারদা মানে 'কাদড়া ফুটবল ক্লাব' এর লেফট উইঙ্গার হন্তদন্ত হয়ে বাড়িতে এসে বলল যে সে কয়াপাট গিয়েছিল। ফুলুই ক্লাবের কর্মকর্তার সঙ্গে দেখা হল, বলল যে তোকে তাদের ক্লাবের মাঠে নিয়ে যেতে, সেখানে প্রাইজ ডিস্ট্রিবিউশন সেরিমনি হবে। 'চল আমি তোকে সাইকেলে করে নিয়ে যাব।' সেকথা শুনে বড়দা অগ্নিমূর্তি ধারণ করে বলল, 'আমি ক্যাপ্টেন আমি জানি না!, কাজেই তুই যাবি না।' সুকুমারদা বড়দাকে লক্ষ্য করে বলল যে তুই সত্যি করে বলতো কোনো চিঠি পাসনি! বড়দা সেরকম দীপ্ত কণ্ঠে বলল যে সে কোনো চিঠি পায়নি। সুকুমারদা একরকম ঘৃণার স্বরে বলল যে তোর মতো দাদা যেন কেউ না পায়, বলে সে চলে গেল। বড়দা সেদিন আমার পিছু ছাড়েনি। যাতে আমি ফুলুই মাঠে গিয়ে পুরস্কার না আনতে পারি তাই আমাকে বিভ্রান্ত করে উল্টো পাল্টা কথা বলে দাবিয়ে রেখেছিল। আসলে যে

স্বার্থপর হয়, ঘৃণ্য হয় সে কখনও স্মৃতি মনে রাখে না এটা অনন্ত জানত না। সে অনন্তকে এত অবহেলা করত তবুও অনন্ত নিজের অন্ধ বিশ্বাসে বড়দার প্রতি অনেক প্রগাঢ় আশা করে ফেলেছিল। এখানেই অনন্তর হয়েছিল বড়ো ভুল। সে লক্ষণ আজও আছে কিন্তু সে রাম আজ আর নেই বলেই মনে হয়!

প্রায় চল্লিশ বছর পরের ঘটনা। অনন্ত কলকাতা থেকে মাঝে মাঝে বাড়ি যায়। মাটির বাড়ির নিচের এক আলমারিতে দেখে যে এক কাপড়ের বান্ডিলে মোড়া চার পাঁচটি মেডেলের মতো! বান্ডিলটি নিয়ে মাকে জিজ্ঞেস করল, 'মা এটি কিসের বান্ডিল?' মা পঁচাশি বছর বয়সে ফোগলা মুখে আনন্দে গদগদ হয়ে এক গাল হেসে বলল, 'হায়রে, তোকে আমি বলতে ভুলে গেছি, ওগুলো লক্ষী পাল দিয়ে গেছে, আর বলেছে, তুই ছোটোবেলায় যখন ফুলুই-এ বল খেলতে গিয়েছিলি তখনকার প্রাইজ। তোর বড়দা ওগুলো তার বাড়িতে রাখতে বলেছিল।' অনন্ত কিছু বলতে যাবার আগেই আবার হেসে হেসে বলতে লাগল, 'ওগুলো বাড়িতে রেখে কি হবে? আমি এক ফেরিওয়ালকে দেখিয়েছি, ওগুলোর দাম আড়াইশো টাকা দেবে বলেছে, বিক্রি করে দিই বল!' সব ছেলেই তো চায় যে তার মা সারাজীবন এরকম মুখে মধুর মিষ্টি হাসি নিয়ে বেঁচে থাকুক। তার জন্যে সব ছেলে নিজের সব সুখ - দু:খ জলাঞ্জলি দিয়ে হাজার কষ্টের বোঝা অনায়াসে সারাজীবন বইতে পারে। কোনো বড়ো কাজ একদিনে হয় না মা, এক মাসেও হয় না, এক বছরেও হয় না। কিন্তু একদিন ঠিকই হয়। বছরের পর বছর ধরে দীর্ঘ অনুশীলন করতে হয়। তার জন্যে দরকার জেদ, নিষ্ঠা, অধ্যবসায়, একাগ্রতা আর সঠিক অনুশীলন। অনন্ত ঐ বয়সেই এটা জানত যে সুখের সন্তুষ্টির সীমা অসীম। সৎ পথে কঠোর পরিশ্রম করে রোজগার করে অল্পতেই মানিয়ে নিতে পারলেই সুখে, আনন্দে ও শান্তিতে থাকতে পারা যাবে। আর সব বড়ো ও ভালো কাজের মধ্যেই তো লুকিয়ে আছে বৃহৎ ও মহৎ শিল্পের বীজ মা! ফুটবল একটি বড়ো ও মহৎ শিল্প। সে সেই জায়গাটি খোঁজার ও পাওয়ার চেষ্টা করেছিল মা, মনে মনে আরো বলল যে, যদি একটু ছেলের মনের খবর রাখতে মা তাহলে প্রাণটা আজ এত না পাওয়ার হতাশায় হা-হুতাশ করত না! একটি প্রাইজ জীবনে যে কতবড়ো স্বর্গসুখ এনে দেয় যদি বুঝতে মা! যদি একটু বোঝার চেষ্টা করতে মা! এই প্রাইজগুলোর পিছনে কত মেহনত, কত পরিশ্রম, কত ঘাম ঝরাতে হয়েছে

মা, যদি একটু খবর রাখতে! এই প্রাইজগুলো তার কাছে এক একটি বুকের পাঁজর! কিন্তু কী অবহেলায়, কী অনাদরে, কী অবজ্ঞায়, কী অযত্নে গড়াগড়ি খাচ্ছে মা! ক্ষমা করে দিও মা আমাকে। আমি তোমার কোনোদিনই ভালো ছেলে হয়ে উঠতে পারিনি মা। বাড়িতে যদি একজন সুহৃদ সম্পন্ন সুস্থ চেতনার ভালো মানুষ থাকে তাহলে সে একাই অনেকের জীবনের অন্ধকার পথের আলোর দিশারী হয়ে উঠে মা। সে সেই জায়গাটি খোঁজার ও পাওয়ার চেষ্টা করেছিল মা। কিন্তু বড়দা, মেজদা আর তুমি তিনজন মিলে জায়গাটি পেতে দিলে না। মহাভারতের শকুনি ও রামায়ণের মন্থরা আজ আর নেই মা কিন্তু তাদের কুপ্রবৃত্তির কর্মকাণ্ডের বীজ না জানি কত ঘরে, কত পড়ায়, কত সমাজে, কত রাজ্যে, কত দেশে, কত অফিসে ছড়িয়ে দিয়ে গেছে মা! হাজার হাজার করতালি ও সাবাস ধ্বনিতে ফুটবল ময়দান কাঁপানো ছেলেটিকে তোমরা তিনজন মিলে জড় বস্তুর মতো পরিণত করে দিলে মা! সে কলকাতায় কী কষ্টে ছিল কোনোদিন খোঁজ- খবর পর্যন্ত নাওনি। অনন্ত নিজের অবচেতন মন থেকে মনে মনে বলতে লাগল, 'মা, আমি কী তোমাদের জন্যে কিছুই করিনি? তোমার ডাক্তার দেখানো, বাবার ডাক্তার দেখানো, বোনের ডাক্তার দেখানো, আমি আমার স্বল্প আয়ের মধ্যে দিয়ে যথাসাধ্য চেষ্টা করেছি মা! তারপর আমি যখন দেখলাম ও বুঝলাম যে আমার জীবনে আর তেমন কিছু হবে না তখন তোমাদেরকে একটি বার্তা দেবার চেষ্টা করলাম যে তোমার ছেলেদের পিছনে একটু ত্যাগ ও সাপোর্ট করলে তারা কোথায় পৌঁছোতে পারে! তাই প্রথমে এক ভাইকে কলকাতায় নিয়ে এসে বি. কম পড়ানোর ব্যবস্থা করলাম। তার দু'বছর পরে তার পরের ভাইকে নিয়ে এসে বি. কম পড়াবার ব্যবস্থা করলাম। ওইবছরই ন'ভাই বাড়ি থেকে না বলে একরকম চলে এসেছিল। আমরা চার ভাই একটি ঘরে। সকালে ঘুম থেকে উঠে হাত - মুখ ধুয়ে স্টোভ ধরিয়ে আটা মেখে, বেলে, চব্বিশ খানি রুটি তৈরি করেছি। কেনো জানো? সকালে চার ভাইয়ে দুটি করে রুটি প্রাতরাশের জন্যে আর বাকি চারটি করে রুটি দুপুরে টিফিনের জন্যে। সকালে প্রাতরাশ খেয়ে চার জনের জন্যে হাঁড়িতে ভাত বসিয়ে বাজারে যেতাম। বাজার থেকে এসে রান্না করে চান সেরে খাওয়া-দাওয়া করে যে যার গন্তব্যে বেরিয়ে পড়তাম। তারা সকলেই আজ সুপ্রতিষ্ঠিত। তবুও আমার প্রতি তোমার বিদ্বেষ একটুও কমল না! আমার প্রতি তোমার

এত রাগ কেনো মা? সত্য কথা বলতাম বলে! ন্যায় কথা বলতাম বলে! অন্যায়ের প্রতিবাদ করতাম বলে! দেখলাম আমি তোমাদেরকে যে বার্তা দেবার চেষ্টা করেছি সব বৃথা। মেজদা বলল, 'তোকে কে ভাইদেরকে কলকাতায় নিয়ে যেতে বলেছিল'? তোমরা কেউ একথার প্রতিবাদ করলে না! আমি যখন বুঝতে পারলাম যে আমি কষ্টে থাকলে তুমি কত খুশি থাকো তখন তোমার খুশির জন্যে আমি জীবনে কষ্টটাকেই বেছে নিলাম। এখানেই সবচেয়ে জীবনের বড়ো ভুলটি করে ফেললাম। সরকারি চাকরি বাদ দিয়ে বিভিন্ন প্রাইভেট ফার্ম অফিসে চাকরি করেছি ন্যায় ও সত্যের পথ ধরে। কিন্তু অনেক মূল্য দিয়ে বুঝতে পারলাম যে সত্য সব সময় একাই থাকে। কারণ মিথ্যা ও প্রবঞ্চনার পাল্লা অনেক সময় এত ভারি থাকে যে তাদের তোপে সত্যের টিকে থাকা অনেক সময় কঠিন হয়ে দাঁড়ায়। যদিও জয় হয় সত্যের কিন্তু অনেক পরে। জানো মা, এত শত কস্ট সহ্য করে দাঁতে দাঁত চেপে নিজের সঙ্গে লড়াই করে গেছি শুধু আমার ছেলে ও মেয়ের মুখের দিকে তাকিয়ে। নিজের মনে জেদ চেপে গেল। আমার মতো আমার ছেলে ও মেয়ে যেন কস্ট না পাই। নিজেই ওদেরকে পড়াশোনা করাতে লাগলাম। আজকে ওরা দুজনেই বড়ো ইঞ্জিনিয়ার, বড়ো অফিসে চাকরি করে। মোটা মাহিনা। দুজনেই সুপ্রতিষ্ঠিত। গর্বে আমার বুকটা ভরে যায়। এখানে আমি জিতে গেছি মা। আমি খুব খুশি, খুব সুখী। যদি পার তাহলে আমার ছেলে ও মেয়েকে একটু আশীর্বাদ করে দিও যেন ওরা মানুষ হয়, সুখী হয়, সারা জীবন শান্তিতে বসবাস করতে পারে। ভালো থেকো মা তুমি। একদিন আমার নামটি শুনে কেউ না কেউ ঠিকই বলবে মানুষটি ছিল একেবারে সবার থেকে আলাদা। মনের একরাশ সুগভীর হতাশা ও অনন্ত দুঃখ নিজের বুকে চাপা দিয়ে, প্রণাম করে মুখে বললাম, 'হ্যাঁ মা, তাই করো!' বলে প্রাইজের বান্ডিলটি আর হাতে পাঁচশো টাকা দিয়ে ফিরে গেলাম কলকাতায়।'

মনকে প্রশ্ন করল অনন্ত, 'আমার জীবনের এত পরিশ্রম সব বিফলে গেল কেন?' মন একটি গভীর দীর্ঘনিশ্বাস ছেড়ে উত্তর দিল, 'তুমি যাদেরকে বিশ্বাস করেছিলে তারা বিশ্বাসের যোগ্য নয়। তোমার সহজ - সরল মানসিকতার সুযোগ নিয়ে তোমার নিজের খুব কাছের মানুষ খুব দক্ষ হাতে যত্ন নিয়ে বিশ্বাস আর মন ভেঙে দিয়েছে। কারণ তোমার সুনাম তাদের

কাছে বড়োই অপাংক্তেয়। আসলে তাদের মনে এখনো মনুষত্বের বিকাশই হয়নি। তাই বলে ভেবোনা না তুমি মূল্যহীন! তোমাকে মূল্যায়ন করার মতো যোগ্যতা তাদের নেই।'

আমার মনে হয়, গরীবদের জীবনসংগ্রামে চলার পথে অভাব, অপুষ্টি, অসহযোগিতা এবং কুটিল চক্রান্ত সব একটি একটি মস্ত বড়ো বাধা। তবুও নিজের মনের অদম্য জেদ, নিরলস পরিশ্রম আর নিষ্ঠায় এগুলোকে অতিক্রম করা যায়; কিন্তু মানব মনে কু-প্রবৃত্তি আর হিংস্র মনোবৃত্তি থাকলে তাকে রোধ করবে কীভাবে?

ছোটোবেলা থেকে অনন্তর মনে বড়ো আশা ছিল; বড়ো স্বপ্ন ছিল; বড়ো ফুটবলার হবে; তাহলে যশ হবে; খ্যাতি হবে; সম্মান বাড়বে; বাড়ির অর্থনৈতিক অবস্থার উন্নতি হবে; সর্বোপরি একজোড়া বুটের জন্যে কারও দয়ার উপর তাকিয়ে থাকতে হবে না! সব কুঁড়িরই তো স্বপ্ন থাকে যে সমাজে ফুল হয়ে সৌন্দর্যে বিকশিত হবে! সহাস্যে পরিস্ফুষ্ট হবে! সুবাসে ভরে উঠবে মঠ, মন্দির, মসজিদ, গির্জা! নামের সুবাসে পাড়ায় পাড়ায় ছড়িয়ে পড়বে উজ্জ্বল নক্ষত্র! কিন্তু তা আর তার হল না। তার সুনিপুণ, অবিশ্বাস্য অথচ বাস্তব ও বৈজ্ঞানিক চিন্তাভাবনাগুলি সযত্নে বড়ো আশায় ভরা স্বপ্নের থলির মধ্যে হৃদয়ের অন্তস্তলের এক কোণে গচ্ছিত রেখেছিল! হঠাৎ এক লহমায় যেন এক অনামি সুনামি এসে বড়ো আশায় ভরা স্বপ্নের থলিটিকে করে দিল লণ্ডভণ্ড! আশা-হতাশায়, স্বপ্ন-দুঃস্বপ্নে, আর হতাশার অন্ধকারে আচ্ছন্ন হয়ে গেল ভবিষ্যৎ! ব্যর্থতার দুর্বিষহ যন্ত্রণায় জীবনে নেমে এল বিভীষিকা! সে জানতে পারল না তার কী অপরাধ! ফুটবল থেকে পেয়ে গেল নির্বাসন-দণ্ড! তখন থেকে দুঃখ, বেদনা আর সুগভীর হতাশায় সব যেন শৃঙ্খলাবদ্ধ করে রেখেছিল তাকে! কিছুতেই পারছিল না সেখান থেকে বেরিয়ে আসতে! আজ আটান্ন বছর বয়সে বল নিয়ে প্র্যাকটিস করতেই শৃঙ্খল-মুক্ত হয়ে যেন ফিরে পেল সেই 'ফুটবলে অনন্ত প্রেম!' ❑

নয়া দৌড়

টীন-এজ বয়সটি এমনই যে নতুন করে কিছু ভালো কাজ করার জন্যে আনচান করে মন। রোজ সকালে ঘুম থেকে উঠলেই দেখা যায় খড়ের প্রাচীরে গোঁজা হালবাড়ি, মাটিতে রাখা লাঙল, জোয়াল, কোদাল, মই, ইত্যাদি। পশ্চিমের দরজা দিয়ে বের হলেই দেখা যায় গোয়াল বাড়ি, সারকুড়, ঘোষপুকুর, রাধীর গেড়ে, শালডাঙ্গা, খামারবাড়ি। দক্ষিণের দরজা দিয়ে বের হলেই দেখা যায় সুজলা সুফলা শস্য শ্যামলা মাঠ। মাঠের মাঝে এক বিশাল বড়ো তালপুকুর। তালপুকুরের চার পাড়ে ভরা তালগাছ। স্নানের ঘাটের দুদিকে আলসে ও বড়ো-হেঁড়ের-ঝি নামে দুটি প্রকান্ড তালগাছ। যেন তারা চব্বিশ ঘণ্টায় অতন্দ্র প্রহরীর কাজ করে, মানুষদের স্বাগত জানায়। স্নানের ঘাটের দুপাশে দুটি প্রাচীন বটগাছ। ডানদিকের বটগাছটিকে ঠাম্মা বলতেন মা-ষষ্ঠী। প্রতিদিন স্নান করার পর মা-ষষ্ঠী নামের বটগাছটির গোড়ায় এক ঘটি জল ঢেলে বিড়-বিড় করে কী সব বলতেন! তারা পাতার ছায়ার আঁচল বিছিয়ে দিয়ে, আশ্রয়হীনদের আশ্রয় দিয়ে, ক্লান্ত জন-মজুরদের স্নেহ-মাখা দূষনহীন শীতল বাতাস সারা গায়ে মাখিয়ে দিয়ে অভ্যর্থনা জানায়। ডানদিকের বটগাছটিকে ঠাম্মা বলতেন, 'মা-ষষ্ঠী।' প্রতিদিন স্নান করার পর 'মা-ষষ্ঠী' নামের বটগাছটির গোড়ায় এক ঘটি জল ঢেলে দিয়ে তিনি বিড় বিড় করে কী সব বলতেন! স্নানের ঘাটের বাম ও ডান পাশে যথাক্রমে কৃষ্ণচূড়া ও কদম ফুলের গাছ দুটি শোভা বর্ধন করে। ওদের মনোরম প্রাকৃতিক শোভায় চোখ জুড়িয়ে যায়। স্নানের ঘাটটির চারটি চাতালের দুদিকে উঁচু করে বাঁধানো যাতে পা ঝুলিয়ে বসে গল্প করা যায়। তালপুকুরটির ঈশান ও বায়ু কোণে দুটি তেঁতুল গাছ। অগ্নি ও নৈর্ঋত কোনে দুটি প্রাচীন বটগাছ। নৈর্ঋত কোণের বটগাছটির ডালে দোল খাওয়া, খোলামাঠে গরু ছেড়ে দিয়ে তার তলায় আড্ডা দেওয়া, ডাং-গুলি খেলা, ছোলা, বেল, আলু, রাঙা-আলু পুড়িয়ে খাওয়া, সে এক অনির্বচনীয় মধুর স্মৃতি।

গোয়ালঘর থেকে গরু ও ছাগল বের করে তাদেরকে নির্দিষ্ট জায়গায় বেঁধে নিম কাঠিটি মুখে নিয়ে নতুন বাড়ির দক্ষিণের খোলা বারন্দায় বসে সূর্য

ওঠা দেখে জিৎ। বিশেষ করে শীতের সকাল-বেলাটা। পুব দিকে তাকালেই ঘন সবুজ আলুর খেত, সরষের খেত, গম, কলাই ও বিভিন্ন সবজির খেত। এরই ফাঁকে সূর্যদেব সারা পুব-আকাশ রক্তিম আভায় রাঙিয়ে ধরিত্রী-দেবীর কোলে সোনালী কিরণ ছড়িয়ে দিয়ে উষ্ণ অভ্যর্থনায় যেন বলেন, 'কইগো শুনছো, জাগো, ওঠো, প্রভাত হলো!'

জিৎ মুখ হাত ধুয়ে নিজে মুড়ি খেয়ে, রাজ, হর্ষ ও মিতি নামে তিনটি ছাগলকে এবং লাল্টু নামে কুকুরটিকে মুড়ি খাইয়ে পড়তে বসে নতুন বাড়ির দক্ষিণের খোলা বারান্দায়। তার ডানপাশে পিছনের পা দুটি মুড়ে চুপটি করে বসে জিতের ক্রিয়াকলাপ লক্ষ করে লাল্টু। যেন তার মাষ্টারমশাই, পড়া বুঝিয়ে দেয় জিৎকে! খুঁটির পাশ দিয়ে সারি সারি পিঁপড়ে খাবারের খোঁজে বের হয়। ওদিকে একটি পিঁপড়ে একটি মুড়িকে বেমালুম টেনে নিয়ে যায়। অন্য একটি পিঁপড়ে একটি মুড়িকে মুখে করে কামড়িয়ে তুলে নিয়ে যায়। সে ভাবে একটি পিঁপড়ের থেকে একটি মুড়ির ওজন অনেকগুণ বেশি, অথচ কত সহজে অবলীলায় একটি মুড়িকে বেমালুম টেনে ও তুলে নিয়ে যায়। ওরকম শক্তি যদি ভগবান তাকে দিত তাহলে ধান ঝাড়ার পর ধানের বস্তাগুলিকে খামার থেকে একাই টেনে নিয়ে এসে মরায়ে ঢেলে দিত। মাঠ থেকে আলুর বস্তাগুলোকে নিয়ে আসতে পারত একাই। ভেতরের ঘর থেকে ঠাম্মার হামানদিস্তার আওয়াজ আসে পান-ছেঁচার। ওদিকে রান্নাঘরের উঠোন থেকে খ্যাসর-খ্যাসর আওয়াজ আসে মায়ের মুড়ি ভাজর। তাদের বাড়ির পাশ দিয়ে আঁকা-বাঁকা পথে মাঠের মাঝে তাল পুকুরে যাবার রাস্তা। পাড়ার লোকেরা প্রাতঃকাজ, স্নান ওখানেই সারে। সে মানুষের আসাযাওয়া দেখে। ইংরাজির মানে বইটি খুলে পাঠের পড়া করার চেষ্টা করে। জিৎ-এর অন্যমনস্কতা লক্ষ করে লাল্টু কুঁই কুঁই করে এসে তার গালে ও ঠোঁটে আলতো করে জিভ বুলিয়ে চেটে বুঝিয়ে বলার চেষ্টা করে যে পড়াশুনায় মন দিতে, যেন আরও বলে, 'লেখাপড়া করে যে গাড়ি ঘোড়া চড়ে সে!'

বেলা বাড়ে। জিৎ স্নান সেরে খাওয়া - দাওয়ার পর্ব সেরে স্কুলে যায়। কিন্তু কী এক অজানা চিন্তায় ব্যকুল হয়ে ওঠে তার মন। ক্লাসরুমে গিয়ে বসে। বিজ্ঞান স্যার ক্লাসরুমে ঢুকলেন। তিনি বলতে লাগলেন, "আজ আমি তোমাদের পড়াব, 'প্লবতা।' তার আগে, আগের দিনের ক্লাসে পড়ানো বিশ্ববিখ্যাত গ্রীক বিজ্ঞানী আর্কিমিডিসের নীতিটি আরও একবার ঝালিয়ে

নেওয়া যাক। 'কোনও বস্তুকে স্থির তরল বা গ্যাসীয় পদার্থে আংশিক বা সম্পূর্ণভাবে নিমজ্জিত করলে বস্তুটির ওজনের আপাতহ্রাস হয়। বস্তুটি নিমজ্জিত অবস্থায় যে ওজনের তরল বা গ্যাস অপসারণ করে, বস্তুটির ওজন ততটাই হ্রাস পায়।' আর 'প্লবতা' মানে তরলের ঊর্ধ্বমুখী বল বা ঘাত। 'কোনও বস্তুকে স্থির তরল বা গ্যাসীয় পদার্থে আংশিক বা সম্পূর্ণভাবে নিমজ্জিত করলে বস্তুটি একটি ঊর্ধ্বমুখী বল বা ঘাত অনুভব করে। এই বল বস্তুর ওপর লম্বভাবে প্রযুক্ত হয়। একে ওই তরল বা গ্যাসের প্লবতা বলা হয়।' প্লবতা বস্তুর তলদেশে লম্বভাবে ঊর্ধ্বমুখে ক্রিয়া করে। প্লবতা বস্তুর আয়তনের ওপর নির্ভর করে। প্লবতা তরলের গভীরতার ওপর নির্ভর করে। প্লবতা নির্ভর করে তরলের ঘনত্বের ওপর। একখণ্ড লোহাকে স্থির তরলের ওপর ছেড়ে দিলে সেটি তরলের মধ্যে ডুবে যেতে দেখা যায়। আবার সেই লোহাটিকে আগুনে লাল টকটকে গনগনে করে পুড়িয়ে হাতুড়ি দিয়ে পিটিয়ে পাতলা পাত করে একটু অবতল আকার ধারণ করিয়ে তরলের ওপর ছেড়ে দিলে ভাসতে দেখা যায়। এর কারণ হল, লোহার টুকরোটির আয়তন কম, ফলে জল অপসারণ করার ক্ষমতা কম, সেজন্যে প্লবতা কম। দ্বিতীয় ক্ষেত্রে লোহার পাতটির আয়তন বেশি হওয়ায় জল অপসারণ করার ক্ষমতা বেশি, সেজন্যে প্লবতা বেশি। অর্থাৎ কোনো একটি বস্তু তখনই ভাসে যখন বস্তুর ওজনের থেকে প্লবতা বেশি হয়। এর বিপরীত হলে বস্তুটি তরলে ডুবে যায়। এই একই কারণে বড়ো বড়ো জাহাজ, নৌকা জলে ভাসতে পারে। যে তরলের ঘনত্ব যত বেশি সেই তরলের প্লবতা বা ঊর্ধ্বমুখী বলও তত বেশি। আবার তরলের গভীরতা যেখানে যত বেশি সেখানে তরলের প্লবতা বা ঊর্ধ্বমুখী বলও তত বেশি। সমুদ্রের জল লবণাক্ত তায় ঘনত্ব বেশি, মানে প্লবতা বেশি, সেজন্যে সমুদ্রের জলে কোনও বস্তুকে ভাসাতে, নিজে ভাসতে, সাঁতার কাটতে সুবিধে হয়। সমুদ্রের জলে প্লবতা বেশি বলে বড়ো বড়ো জাহাজ, নৌকা যে পরিমাণ জলের ওপর ভেসে থাকে গঙ্গা বা নদীর জলে প্লবতা কম বলে তার চেয়ে কম পরিমাণ জলের ওপর ভেসে থাকে। একটি সাধারণ উদাহরণ দিই, - একটি সুচকে তর্জনী ও বৃদ্ধাঙ্গুলি দিয়ে ধরে স্থির তরলের ওপর শুইয়ে দিলে সেটিকে ভাসতে দেখা যায়, আবার সেটিকে লম্বভাবে স্থির তরলের ওপর ছাড়লে ডুবে যেতে দেখা যায়। যদিও সুচকে ভাসাতে 'সারফেস টেনশন' বেশি কাজ করে তবুও বলব,

তোমরা বাড়ীতে এটি পরীক্ষা করে দেখতে পার,” বলে তিনি থামলেন। জিতের সারাদিনের চাঞ্চল্য কয়েক মিনিটেই কেটে যায়। স্থির পলকহীন দৃষ্টিতে ভাবতে থাকে, - একটি সুচ জলের ওপর ভাসবে! কী করে সম্ভব! পরীক্ষা করে দেখতেই হবে! স্কুল ছুটির পর বাড়িতে এসে বই-খাতা রেখে একটি সুচকে তর্জনী ও বৃদ্ধাঙ্গুলি দিয়ে ধরে শুইয়ে দেয় স্থির তরলের ওপর। সে বিস্ময়ে হতবাক হয়ে চেয়ে দেখে যে সত্যিই ভাসছে জলের ওপর। তার সিক্সথ সেন্স বিবেক তাকে নাড়া দিয়ে বলে, ‘একটি সুচ যদি জলের ওপর ভাসতে পারে তাহলে সে নিজে জলের ওপর ভাসতে পারবে না কেন?’ কিন্তু ....। একগাদা কিন্তু জিতের মাথায় জট পাকিয়ে বসে।

গ্রীষ্মকালে স্নান করার সময়ে অতবড়ো তালপুকুরটিকে সাঁতারে ওপার-এপার করে। ওটি অনেকেই করে। কিন্তু কোনও অঙ্গপ্রত্যঙ্গ না নেড়ে জলের ওপর ভেসে থাকা সহজ কথা নয়। তার বিবেক আমতা আমতা করে বলে, ‘কোনও কিছুই অসাধ্য নয়। সুচিন্তিত পরিকল্পনায় মনের প্রবল ইচ্ছাশক্তি, জেদ, পরিশ্রম, নিষ্ঠা ও অধ্যবসায় প্রয়োগ করে অনেক অসাধ্য কাজকে সহজে করা যায়।’

তার নয়া দৌড়ের ক্লাস শুরু হয়। সাঁতারে পুকুরের মাঝে গিয়ে জলের ওপর চিৎ হয়ে শুয়ে পড়ে। প্রথমে হাত দুটিকে শরীরের দু-পাশে জলের ওপর রেখে পা-দুটিকে নাড়াতে থাকে। কিন্তু মাথা ডুবে যায়। এবার পা-দুটিকে স্থির রেখে দু-হাত দিয়ে জল কাটতে শুরু করে, কিন্তু হাত-পা না নেড়ে ভেসে থাকা যায় না। এ-ভাবে কয়েকদিন চেষ্টা করার পর তার সব চেষ্টা বিফলে যায়। উপলব্ধি করে এভাবে করলে হবে না। চিন্তা করে প্রথমে দুটি হাত ও দুটি পায়ের যে কোনও একটিকে স্থির রেখে বাকী তিনটিকে জলের ওপর নাড়াতে হবে।

পুকুরের মাঝে গিয়ে প্রথমে বাম পাটিকে স্থির রেখে বাকী তিনটিকে নাড়াতে থাকে। দিব্বি ভেসে থাকা যায়। এ-ভাবে কয়েকদিন করার পর বাম এবং ডান পা স্থির রেখে শুধু হাত দুটিকে নাড়াতে থাকে। দুটি পা একসঙ্গে স্থির রেখে কিছুতেই ভেসে থাকা যায় না। পা-দুটি সোজা পুকুরের গভীর তলদেশের দিকে চলে যায়। অন্যভাবে হাত দুটি স্থির রেখে পাদুটিকে

একসঙ্গে নাড়াতে থাকে, কিন্তু মাথা ডুবে যায়। কিছুতেই সুচের মতো ভেসে থাকা যায় না। কিছুতেই ব্যালেন্স আনতে পারে না।

দিন যায়, মাস যায়। জিৎ ভাবে তাহলে কি তার চিন্তা-ভাবনা ভুল! ব্যালেন্স শব্দটি মাথায় খুব ঘোরাফেরা করে। সে ঈশান কোণে তেঁতুল গাছটির তলায় ওঠে আসে। একটি ঘসিম নিয়ে মানুষ আঁকে আর মনে মনে হচ্ছে না বলে কাটে ক্রস চিহ্ন দিয়ে। আবার আঁকে, আবার কাটে। এমন সময় বিবেক বলে ওঠে, 'ক্রস চিহ্নটিই তো ব্যালেন্স!' সে তড়াক করে লাফিয়ে ওঠে আর মনে মনে বলে, 'বোধ হয় একটি সূত্র পাওয়া গেছে!' সে পুকুরের মাঝে গিয়ে জলের ওপর চিৎ হয়ে শুয়ে বাম হাত ও ডান পা স্থির রেখে ডান হাত ও বাম পা নাড়াতে থাকে। ভেসে থাকতে অসুবিধা হয় না। এভাবে দিন কয়েক অভ্যাস করার পর ডান হাত ও বাম পা স্থির রেখে বাম হাত ও ডান পা নাড়াতে থাকে। এবারেও ভেসে থাকতে অসুবিধা হয় না। এভাবে আরও কয়েক দিন অভ্যাস করার পর সব কিছু স্থির রেখে জলের ওপর ভেসে থাকার চেষ্টা করে। আগের থেকে ভালো বটে কিন্তু পুরোপুরি ভেসে থাকা যায় না। আশ্চর্য! এত করেও সম্ভব হয় না। সেও নাছোড়বান্দা, এর শেষ সে দেখে ছাড়বে! বিবেক বলে, 'সূক্ষ্ম সূক্ষ্ম চিন্তা কর আর লক্ষ কর।' সে খুব হালকা করে হাত-পা নাড়ে, চিন্তা করে আর লক্ষ করে। প্রশ্বাস নেয় আর নিঃশ্বাস ছাড়ে। প্রাকৃতিক নিয়মে পেট ফুলে ও কমে। কিন্তু কী আশ্চর্য! সুচের মতো ভেসে থাকা যায় না। বিবেক বলে, 'আরও নিয়মের ভিতরে ঢুকে চিন্তা কর।' এক সময় হতাশ হয়ে দীর্ঘ-শ্বাস নিতেই সে জলে ডুবে যায়। নাকে, মুখে জল ঢুকে ফ্যাচ ফ্যাচ করে একাকার কাণ্ড। প্রথমে তার মনে হয়েছিল যে কেউ বুঝি তাকে জলে ডুবিয়েছে। পরক্ষণেই সে বুঝতে পারে যে দীর্ঘ-শ্বাস নেওয়ায় তার ডুবে যাওয়ার মূল কারণ। বেশি লম্বা করে শ্বাস নেওয়ার সময় দেখে আস্তে আস্তে শরীরটি জলে ডুবে যায়, আবার বেশি লম্বা করে শ্বাস ছাড়ার সময় শরীরটি আস্তে আস্তে একেবারে জলের ওপরতলে ভাসে। তার মনে পড়ে যে বাতাসের ওজন আছে। এখানে মুখ্য ভূমিকা নেয় শ্বাস-প্রশ্বাসের কৌশল। যাকে এক কথায় বলে, 'প্রাণায়াম।'

জিৎ ভাবে শ্বাস নেওয়ার সময় ও শ্বাস ছাড়ার সময় যদি একই থাকে তাহলে প্রথমে জলে ডুবে যাবে পরক্ষণেই আবার আস্তে আস্তে ভাসবে। কিন্তু এটি তার লক্ষ্য নয়। তার লক্ষ্য হল সুচের মতো জলের ওপরতলে

ভাসা; একেবারে নিষ্প্রাণ দেহের মতো। এমন সময় ষষ্ঠ ইন্দ্রিয় নাড়া দিয়ে বলে, 'তুমি শ্বাস নেওয়ার চেয়ে শ্বাস ছাড়ার সময়টি বাড়াও। আরে এ যে ইউরেকা! সত্যিই তো। শ্বাস নেওয়ার চেয়ে শ্বাস ছাড়ার সময়টি বাড়াতেই একেবারে জলের ওপরতলে সুচের মতো ভাসতে থাকে। এমন সময় তার মেজদা ডুব সাঁতারে এসে তাকে গভীর জলে ডুবিয়ে রাখে, আর কিছুক্ষণ থাকলেই সলিল সমাধি হত। একটি সুস্থ চিন্তার মাঝে হঠাৎ বাধা পড়লে তার সে চিন্তার কতখানি যে ব্যাঘাত হয় একমাত্র ভুক্তভোগীরাই জানে।

শ্বাস-প্রশ্বাসের কৌশলটি মানে প্রাণায়ামটি যতই আয়ত্তে আসতে থাকে ততই জলের ওপর শুয়ে থাকতে সুবিধে হয়। এই প্রাণায়ামটি বিভিন্ন ভাবে অভ্যাস করতে হয়। প্রথমে বাড়িতে পদ্মাসনে বসে দুই সেকেন্ড ধরে শ্বাস নিয়ে চার সেকেন্ড ধরে ছাড়তে হয়। ভালোভাবে অভ্যাস হয়ে গেলে তারপর তিন সেকেন্ড ধরে শ্বাস নিয়ে ছয় সেকেন্ড ধরে ছাড়তে হয়। ভালোভাবে অভ্যাস হয়ে গেলে হাঁটার সময় দুই স্টেপে শ্বাস নিয়ে চার স্টেপে ছাড়তে ছাড়তে হাঁটতে হয়। এইভাবে বিভিন্ন সময়ে বিভিন্ন ভাবে করতে হয় অভ্যাস। বিভিন্ন হাল্কা কাজ করার সময়, রাত্রে ঘুমোবার আগে শুয়ে শুয়ে অভ্যাস করতে হয়। যাদের রাত্রে সহজে ঘুম আসে না এবং যাদের শ্বাসকষ্টের ধাত আছে তারা এই প্রাণায়ামটি অভ্যাস করলে সুফল পাবে বলে তার মনে হয়। এইভাবে অভ্যাস করতে করতে সে উপলব্ধি করে যে বাতাসের ও প্লবতা আছে। বাতাসের প্লবতা সম্বন্ধে 'স্কিল পেজ অফ ফুটবলে জানাব।' এখানে তার মনে আর এক কৌতূহলী প্রশ্নের উদয় হয়, সে কি সত্যিই জলের ওপর নিষ্প্রাণ দেহের মতো ভাসতে পারে?

এসমস্ত কর্মকাণ্ডের মূল সাক্ষী শোনে। সে তার থেকে পাঁচ – ছয় বছরের ছোটো। কিন্তু জিতের পিছনে সে আঠার মতো লেগে থাকে, তাকে অনুকরণ করার চেষ্টা করে। কিন্তু ঐ পর্যন্তই। পুকুরের মাঝে গিয়ে আধ ঘণ্টা থেকে এক ঘণ্টা শবাসনে শুয়ে ঘুমিয়ে নিতে অসুবিধে হয় না। ঘুমিয়ে যাবার পর জ্যান্ত মাছেরা বড়ো চারা ভেবে পিঠে খাবলিয়ে খাবার চেষ্টা করে ঘুম ভাঙিয়ে দেয়। মৎসাসন অনায়াসে করে।

মৎসাসন :- বাড়িতে ভালো করে অভ্যাস করার পর সাঁতারে গিয়ে গভীর জলের ওপর প্রাণায়ামের সাহায্যে মানে শ্বাস নেওয়ার চেয়ে শ্বাস

ছাড়ার সময় বেশি করে শবাসনে চিৎ হয়ে শুয়ে পড়তে হয়। তারপর পদ্মাসনের মতো ডান পা ভাঁজ করে বাম উরুর ওপর এবং বাম পা ভাঁজ করে ডান উরুর ওপর রাখতে হয়। বুক ও পিঠ জলের তল থেকে উঁচু করে মাথার পিছন দিকটি বাঁকিয়ে জলের সঙ্গে স্পর্শ করে রাখতে হয়। পিঠ ও জলের মধ্যে যেন ফাঁকা থাকে। এরপর ডান হাত দিয়ে বাম পায়ের আঙুল এবং বাম হাত দিয়ে ডান পায়ের আঙুল ধরে পনেরো থেকে কুড়ি সেকেন্ড ধরে রাখতে হয়।

উপকারিতা : ব্রঙ্কাইটিস, হাঁপানি, টনসিল, সর্দিকাশি, পাঁজরার গঠনের দোষ, ফেরিঞ্জাইটিস, স্বরভঙ্গ,ঘাড়ে ও পিঠে ব্যথা, কটিবাত, মস্তিষ্কের অবসাদ, মাথাধরা, অনিদ্রা ও দৃষ্টিশক্তির ক্ষীণতায় উপকারী।

গভীর জলের ওপর এই সমস্ত কর্মকাণ্ড দেখে কয়েকজনের মনে নানা কৌতূহলী প্রশ্ন দেখা দেয়! শবাসনে শুয়ে প্রাণায়ামের সাহায্যে শ্বাস নেওয়া ও ছাড়ার সময় পেট সামান্য হলেও ওঠানামা করে। নিষ্প্রাণ দেহের মতো ভাসতে হলে ওটি করা চলবে না। অর্থাৎ আরও সচেতন হয়ে শ্বাস-প্রশ্বাসের কাজটি সম্পন্ন করতে হবে। জিৎ তার পরিকল্পনা মতো কাজটি চালিয়ে যায়। কিন্তু কাজটি সফল কতখানি?

আরতি-দি ও কবিতা-ভাইঝি প্রতিদিন জিতের স্নান করার আগে স্নানের ঘাটে বসে পা দুলিয়ে দুলিয়ে খোস গল্প করে আর তার জলের ওপর বিভিন্ন কার্যকলাপ লক্ষ করে তাকে বলে, “তোর মধ্যে একটা কিছু আছে!”

তখন গ্রীষ্মকাল। মর্নিং স্কুল। জিৎদের খামার বাড়িতে একটি মিষ্টি আমগাছ আছে। স্কুল থেকে এসে ভাত খেয়ে মায়ের হেঁসেল থেকে খানিকটা নুন নিয়ে কারকের আমগাছ থেকে ঢিল ছুড়ে দুটি আম পেড়ে এক কামড় দিয়ে চলে স্নান করতে। সামনে দ্যাখে দুই অমর সঙ্গী আরতি-দি ও কবিতা-ভাইঝি দোদুল্যমান গতিতে যাচ্ছে স্নান করতে। তার মনে এক ফন্দি আসে। তাদের পিছনে গিয়ে মিষ্টি স্বাদের আম খাবার ভান করতে থাকে। “আঃ কি মিষ্টি! কি মিষ্টি!” ওরা চেয়ে বসে। সে বলে, “তাদের খামারের গাছ থেকে লুকিয়ে মাত্র দুটি আম পেড়ে নিয়ে এসেছে।” আরতি -দি একটি চেয়ে বসে। অগত্যা দিতেই হয়, - সঙ্গে একটু নুন। এক কামড় দিয়েই বলে, “বদমাশ, কারকের আম দিয়েছিস,” বলেই আমটি ছুড়ে ফেলে দেয়। বস্তুত কারকের

আম মানেই ভীষণ টক। কবিতা-ভাইঝি বলে, ”এই আজকে কী কৌশল করেছিস?” জিৎ বলে, “কালকে দেখবে।”

পরের দিন সবার অলক্ষে জিৎ তালপুকুরের মাঝে গিয়ে প্রাণায়াম ও প্লবতার যুগল মিশ্রণের কৌশল অবলম্বন করে একেবারে শোলার মতো ভাসতে থাকে।

প্রতিদিনকার মতো আরতি-দি ও কবিতা-ভাইঝি স্নানের ঘাটে পা ঝুলিয়ে বসে খোশগল্প করে। শোনেকে আসতে দেখে আরতিদি জিজ্ঞেস করে, “জিৎ কই রে?” শোনে বলে, “জানি না, বাড়ির লোকেরা বলল যে সে অনেকক্ষণ আগে বেরিয়ে গেছে।” একটু থেমে পুকুরের মাঝের দিকে আঙুল তুলে বলে, “ঐ তো পুকুরের মাঝে ভাসছে।” আরতি-দি ও কবিতা-ভাইঝি একসঙ্গে বলে ওঠে, ”ওভাবে তো কোনোদিন ভাসতে দেখিনি!” শোনের ও কেমন যেন সন্দেহ হয়। ইতিমধ্যে মনোজ-দা এসে হাজির, সে বলে, “ছেলেটিকে আমিও খুঁজছি, কখন যে কোথায় কী করে, বোঝা মুশকিল! “জিৎ....,” বলে একটি ডাক দেয় মনোজ-দা। কোন সাড়া শব্দ না পেয়ে শোনেকে বলে, “শোনে, সাঁতারে গিয়ে দেখে আয়!”

শোনে সাঁতারে গিয়ে হাত পাঁচেক দূর থেকে লক্ষ করে জিৎকে। একটু পরে ভয়ে ভয়ে বলে, “বোধ হয় মারা গেছে!” মনোজদা স্নানের ঘাট থেকে চেঁচিয়ে বলে, “দু’ হাতে করে ঢেউ তুলে চোখে-মুখে দে।” শোনে সে রকমই করে চলে। কিন্তু তাতে জিতের কোনো অসুবিধাই হয় না। মনোজ-দা আবার বলে, “ওর হাত চেপে ধরে ডোবা!” শোনে তার যথাসাধ্য চেষ্টা করে একটুখানি ডুবিয়ে রেখে তারপর ছেড়ে দেয়। শ্বাসের ঘাটতি হেতু জিৎকে জোর করে শ্বাস নিতে হয়, ফলে পেটটি ফুলে ওঠে। শোনে সঙ্গে সঙ্গে চেঁচিয়ে বলে, “ বেঁচে আছে!” বেঁচে আছে শুনে জিৎ তাড়াতাড়ি তার শ্বাসপ্রশ্বাস স্বাভাবিক করে নিতেই শোনে বলে, “না! সত্যিই মারা গেছে!”

জিৎ দের বাড়িতে দুঃসংবাদ দেওয়া হয়েছে। তার ঠাম্মা বলেন, “তোদের মাথা খারাপ, তায় তোরা ওরকম ভাবছিস। খোকার কিছু হলে আমি আগে জানতে পারব।” বলা-বাহুল্য তার ঠাম্মা জিৎকে খোকা বলেই ডাকতেন। ইতিমধ্যে স্নানের ঘাট থেকে বেশ কয়েকজনের কান্নার স্বর জিৎ

শুনতে পায়, কিন্তু তার হাসা, নড়াচড়া করা, জোরে জোরে শ্বাসপ্রশ্বাস নেওয়া সবই বারণ।

মাঝ পুকুর পর্যন্ত সাঁতারে এসে খানিকক্ষণ সাঁতারে থাকা, তারপর নিজের ভর সামলে আর একজনকে ডোবানো সহজ কথা নয়। শোনেরও কেমন যেন ভয় ভয় করে! মুখ দিয়ে তার আর কথা বের হয় না। তবু একরকম জোর করে চেঁচিয়ে বলে, "ডো – ডো – ডোবানো যাচ্ছে না!" মনোজদা জোর করে চেঁচিয়ে বলে, "ওর বুকে চেপে বোস।" শোনে একরকম সাহসে ভর করে জিতের বুকে চেপে বসে। জিৎ পুরোপুরি জলে নিমজ্জিত। তার বুকে বসতে পেরে শোনের বেশ আরাম লাগে। মনে মনে বলে, 'এবার যায় কোথায়!'

জিতের আর দম নেই। তেড়েমেড়ে ওঠে শোনেকে ধরে জলে ডুবিয়ে রেখে ছেড়ে দেয়। শোনে আর্তনাদ করে বলে ওঠে, "ওরে – বাবা – রে খেয়ে ফেললে রে!, ওরে – বাবা – রে খেয়ে ফেললে রে! জিৎ জীবদান পেয়েছে রে!" বলে যত জোরে পারে স্নানের ঘাটের দিকে ফিরে যেতে থাকে। জিৎ পিছনে পিছনে তাকে তাড়া করে নিয়ে আসে। শোনে স্নানের ঘাটের মেঝেতে উঠেই মাটিতে পড়ে বেহুশ! সবাই জিৎকে দোষারোপ করে বলে, "তোর জন্যে শোনের এই অবস্থা! ওর কিছু হলে তুই দায়ী থাকবি!" বুঝুন অবস্থাখানি! কী করতে কী হয়ে গেল! মনোজ-দা শোনের চোখে-মুখে জল দিতেই শোনে চোখ খুলে সামনে জিৎকে দেখেই আবার অজ্ঞান! মনোজ-দা শোনের সম্মুখ থেকে জিৎকে সরিয়ে নেয়। খানিক পরে শোনের জ্ঞান ফেরে। জিৎ দেখে যে দু'একজন বাদে বাকি সবারই চোখে জল। কবিতা ভাইঝির চোখে জল অথচ মুখে একগাল হাসি নিয়ে বলে, "আয় তোকে একটা প্রণাম করি।" জিৎ মনে মনে বলে, 'তাহলে এটা সফল। হেসে মুখে বলে, "আর একটি মতলব মাথায় এসেছে।" বলেই শোনের সঙ্গে চোখাচোখি হতেই সে বলে, "তুই বেঁচে আছু?"

ক'দিন ধরেই একটি কথা মাথায় ঘুরপাক খায়। তখন বাড়িতে ভাত-রান্না, ধান-সেদ্ধ, গরুর-ঘাঁটা ইত্যাদি সম্পন্ন হতো মাটির হাঁড়িতে। ভাত সমেত মাটির হাঁড়ি জ্বলন্ত উনোনের ওপর কতবার তার চোখের সামনে ভেঙেছে। সেই ভাঙ্গা অবতল খোলামকুচি জলের ওপরতলে ছুড়ে দিলে

কেমন নেচে নেচে তাতা-থৈ, তাতা-থৈ করতে করতে পুকুরের এপ্রান্ত থেকে ওপ্রান্তে পৌঁছে যায়। কিন্তু একখণ্ড ইটের টুকরো বা শক্ত স্টোন চিপসের বেলায় তো হয় না! পরে চিন্তা করে বুঝতে পারে যে জগৎবিখ্যাত বিজ্ঞানী অ্যালবার্ট আইনস্টাইন আপেক্ষিক তত্ত্ব আবিষ্কার করেন। তাঁর থিওরি অনুয়ায়ী 'পদার্থকে শক্তিতে রূপান্তরিত করলে বিপুল পরিমাণ শক্তির উদ্ভব হয়'। খোলামকুচিটি অবতল ও আয়তনে বেশি থাকায় প্রথমে বাইরে থেকে বল প্রয়োগ করে গতিবেগ সঞ্চার করে ছুড়ে দেওয়া হয়। তখন খলামকুচিটি কিছুদূর গিয়ে পৃথিবীর অভিকর্ষ বলের জন্যে নিচে নেমে জলের ওপর পড়তেই জলের প্লবতা খলামকুচিটির তলদেশে টোকা মেরে উর্ধ্বমুখী ঘাত প্রয়োগ করে, ফলে আবার শক্তি সঞ্চয় করে খলামকুচিটি উপরদিকে উঠে কিছুদূর যায়, আবার পৃথিবীর অভিকর্ষ বলের জন্যে নিচে নেমে জলের ওপর পড়ে। এইভাবে একই কাজ বার বার অতি দ্রুততার সঙ্গে সম্পন্ন করে কয়েক সেকেন্ডের মধ্যেই পুকুরের এপ্রান্ত থেকে ওপ্রান্তে পৌঁছে যায়। তাহলে দেখা যায় যে গতিবেগ, পৃথিবীর অভিকর্ষ বল, জলের প্লবতা এবং সম্ভবত নিউটনের তৃতীয় সূত্রের জন্যেও খোলামকুচিটি বেমালুম পুকুর পেরিয়ে যায়। অথচ সেই খোলামকুচিটি জলের ওপর ছেড়ে দিলে আন্দোলিত হয়ে হেলে দুলে ডুবে যায়। হঠাৎ সিক্স সেন্স বলে ওঠে খোলামকুচিটি যদি জলের ওপর দিয়ে দৌড়ে পুকুরের ওপারে চলে যেতে পারে তাহলে সে জলের ওপর দিয়ে দৌড়ে পুকুরের ওপারে চলে যেতে পারবে না কেন? জিৎ আমতা আমতা করে চিন্তা করে নিজের মনে মনে বলে আরে বাবা খোলামকুচিটি অবতল তায় প্লবতা পায় কিন্তু সে কী করে পাবে প্লবতা! এই শরীরে দুটি পায়ের পাতার তলায় কতটুকু পাবে প্লবতা! তখন সিক্স সেন্স তাকে নাড়া দিয়ে বলে, 'কেন তোর প্রাণায়াম ও প্লবতার যুগল মিশ্রণের কৌশল আছে! আরে বাবা চেষ্টা করে দেখ না, চেষ্টা করে দেখতে দোষ কোথায়?'

জিৎ বিহ্বল দৃষ্টি নিয়ে হাঁ করে তাকিয়ে আছে দেখে তার বিবেক নাড়া দিয়ে অজানা ইতিহাস বলতে থাকে। তুমি কি জানো যে প্লবতার কী অসাধারণ, অবিস্মরনীয়, অত্যাশ্চর্য্য, 'অবিশ্বাস্য বাস্তব' ক্ষমতা! জিৎ হাঁ করে নিশ্চুপ আছে দেখে বলতে থাকে, তখনকারদিনে বিলাসবহুল প্রমোদতরী টাইটানিক জাহাজটির ওজন ছিল ৫২৩১০ টন ; দৈর্ঘ্য: ৮৮২ ফুট ৯ ইঞ্চি

(২৬৯ মিঃ) ; বিম (প্রস্থ): ৯২ ফুট ৬ ইঞ্চি (২৮ মিঃ) ; জলে নিমজ্জিত, ৩৪ ফুট ৭ ইঞ্চি (১০.৫ মিঃ). কিলের গোড়া থেকে সেতুর শীর্ষ পর্যন্ত পরিমাপ করা হয়েছিল, ১০৪ ফুট (৩২ মিটার)। ১৯১২ সালের ১০ এপ্রিল সাউদাম্পটন থেকে নিউইয়র্কের উদ্দেশ্যে যাত্রা শুরু করে টাইটানিক। সে সময় টাইটানিকে মোট যাত্রী ছিল ২২০০ জন এবং কয়েকশ কর্মী। আটলান্টিক মহাসাগরে আরএমএস ১০ তলার টাইটানিকের মৃত্যুর তাৎক্ষণিক কারণ ছিল একটি আইসবার্গের সাথে সংঘর্ষ। এই হাজার হাজার, টন টন ওজনের জাহাজ জলে ভাসতে পারে কেবলমাত্র প্লবতার জন্য। যদিও জলের তলায় অনেক ফুট ডুবে থাকে তবুও বলব যার যেমন আয়তন ও ওজন তার তেমন প্লবতা। ভালো করে ভেবে দেখ, এক টন মানে এক হাজার কেজি। কাজেই ৫২৩১০ টন মানে ৫২৩১০x১০০০কেজি,অর্থাৎ (৫২৩১০০০০) পাঁচ কোটি তেইশ লাখ দশ হাজার কেজি ওজন ছিল টাইটানিকের। প্লবতা লম্বভাবে টাইটানিকের তলদেশে ঊর্ধ্বমুখী বল প্রয়োগ করে ভাসিয়ে রাখে। কাজেই প্লবতার কী অসাধারণ, অবিশ্বাস্য বাস্তব ক্ষমতা একবার গভীরভাবে ভেবে দেখ। একটি কথা মনে রাখতে হবে যে বায়ুর মতো তরল পদার্থও সর্বমুখী চাপ দেয়। আরো বলতে থাকে যে, সাইকেলে চেপে দাঁড়িয়ে থাকা যায় না কিন্তু চালিয়ে যাওয়া যায়। আরও একবার গভীরভাবে ভাব। ছোটো ছোটো স্টেপে প্রাণায়ামের সাহায্যে মানে শ্বাস নেওয়ার চেয়ে শ্বাস ছাড়ার সময় বেশি করে জলের ওপর দিয়ে দৌড়ে যেতে হবে। শুধু শুনলে বা পড়লে অবাস্তব বলে মনে হবে কিন্তু বৈজ্ঞানিক চিন্তাভাবনা নিয়ে নিজে অভ্যাস করলে মনে হতে বাধ্য যে পুরোটাই বাস্তব।

তখন জিৎ নিজের মনে মনে বলে যে হ্যাঁ, নিশচয়, চেষ্টা করে দেখতে হবে। এইসব দেখে, শুনে, বুঝে ও চিন্তা-ভাবনা করে তার মনে হয়েছে তাহলে সে জলের ওপর দিয়ে দৌড়োতে পারবে না কেন? মনের প্রবল ইচ্ছাশক্তি, জেদ, নিষ্ঠা, অধ্যবসায় ও সুচিন্তিত পরিকল্পনায় তার মনে জেগে ওঠে অদম্য কৌতূহল!

পরের দিন স্নানের ঘাটে এসে হাজির হয়। শ্বাস নেওয়ার থেকে শ্বাস ছাড়ার সময়টি বেশি করতে হবে। প্রাণায়ামের এই কৌশলটিই মুখ্য অস্ত্র। ডাঙা থেকে প্রথমে জলে নামার সময় প্লবতা পাওয়া যাবে না। কাজেই দ্রুত গতিবেগে পুকুরের জলের ওপর আলতো পা ছুঁইয়ে দৌড়ে যেতে হবে। এই

সময় নিজের মনের ভাবনাটিকে করে রাখতে হবে ঊর্ধ্বমুখী। শুরু হয় তার জীবনের নয়া দৌড়। পরিকল্পনা মতো শ্বাস সম্পূর্ণ ছেড়ে দিয়ে খানিকটা দূর থেকে খুব জোরে ছুটে আট-দশ পা যেতেই ভারসাম্য হারিয়ে সাঁতার জলে পড়ে যায়। স্নানের ঘাট থেকে হাঁ করে তার খেলা দ্যাখে কয়েকজন। মনোজ-দা কখন এসেছে খেয়াল করেনি। সে বলে, “জিৎ ওঠে আয়!” জিৎ সাঁতার দিয়ে ওঠে আসে পুকুর পাড়ে। আবার একই ভাবে এক থেকে দুই পদক্ষেপে শ্বাস নিয়ে তিন-চার পদক্ষেপে ছাড়তে ছাড়তে জলের ওপর দিয়ে দৌড়ে মাঝ পুকুর পেরিয়ে যায়। আবার একইভাবে অভ্যাস করতে করতে উপলব্ধি করে যে প্লবতার কী দারুণ ক্ষমতা এবং এর একটি বৃহৎ জগৎ আছে। প্রাণায়াম ও প্লবতার সাহায্যে জলের ওপর দিয়ে দৌড়োনো সম্ভব, অতি অবশ্যই সম্ভব। একটি অন্যটির সম্পূর্ণ পরিপূরক। দু’টির মিলিত প্রয়োগে সৃষ্টি হয় শরীরের মধ্যে এক দারুণ অত্যাশ্চর্য ক্ষমতা!

টীন এজ বয়সের স্লিম ফিগারের সব তরুণ - তরুণীরা প্রাণায়ামের সাহায্যে, (মানে শ্বাস নেওয়ার থেকে শ্বাস ছাড়ার সময় বেশি করে) এক হাঁটু জলের মধ্যে দিয়ে গভীর জলে কেমন হাঁটা যায়, একবার চেষ্টা করে দেখতে পার। জীবনের নয়া দিগন্ত খুলে যাবে!

জিৎ তখন প্রাণায়াম ও প্লবতার যুগল মিশ্রণের কৌশলটি অনেকটা আয়ত্ব করে ফেলেছে। দম ভরে শ্বাস নিয়ে কতক্ষণ জলে ডুবে থাকা যায় তার অভ্যাস করছে। এইরকম অভ্যাস করাকালীন একদিন মেজদা তার অলক্ষ্যে ডুবসাঁতারে এসে তাকে তালপুকুরের জলের মধ্যে পা ধরে টেনে ডুবিয়ে রাখল। সে প্রথমে একটু ঘাবড়ে গেলেও পরে বুঝতে পেরে নড়াচড়া বন্ধ করে চুপচাপ ডুবে রইল। জিতের নড়াচড়া বন্ধ হয়ে যেতেই বোধকরি মেজদা বিপদের আশঙ্কা করে ছেড়ে দিল জিতের পা। আর জিৎ সেই সুযোগে তার পা ধরে তাকে জলের মধ্যে গভীর জলে টেনে নিয়ে যেতে লাগল। জিৎ বুঝতে পারছিল যে আর দম নেই মেজদার। অবস্থা যাতে বেশি বাড়াবাড়ি না হয় সেজন্যে তাকে ছেড়ে দিয়ে ডুব সাঁতারে যেতে লাগল অতবড়ো তালপুকুরের অপরপাড়ে। অতক্ষণ ডুব সাঁতার দিয়ে যাওয়া যায় সে নিজেই নিজেকে বিশ্বাস করতে পারছিল না। চুপিচুপি জল থেকে ওঠে তালপুকুরের পূর্বপাড় ধরে ঘুরে উত্তর পাড় হয়ে পশ্চিমপাড়ে গিয়ে ঝোপের আড়াল থেকে দেখতে লাগল তাদের ক্রিয়াকলাপ। তালপুকুরের পশ্চিম

পাড়ে শবদাহ করা হয়। জিৎ বুঝতে পারল যে সেই শ্মশানের নিচে মেজদারা দু - তিন জন মিলে পাশের জোলোদলের মধ্যে খুব খোঁজাখুঁজি করছে তাকে। সামনের দুটি বড়ো বড়ো দাঁত বের করা অবস্থায় একগলা জলের মধ্যেও মেজদার মুখ দেখল শুকিয়ে কেমন চুপসে গেছে! তার মনে যে বিশাল সাইক্লোন বয়ে যাচ্ছে দেখে বুঝতে পেরে একটুপরে ঝোপের আড়াল থেকে বেরিয়ে এল জিৎ। জিতের গায়ের রং একে তো কালো তার ওপর শুটকে চেহারা। গৌরবে শ্যামবর্ণ বলা যেতে পারে। সে চুপিচুপি শ্মশানের ওপর দাঁড়িয়ে সাদা দাঁত বের করে হেসেহেসে খনা গলায় তাদেরকে জিজ্ঞেস করল, 'কী খুঁজছিস রে ওখানে?' এই কিম্ভুতকিমাকার চেহারায় সাদা দাঁত বের করা অবস্থায় কালো মুখের খনা গলার কণ্ঠস্বর শুনে বিহ্বল দৃষ্টি নিয়ে ভয়ে ও বিষ্ময়ে হতবাক হয়ে ভূতের মতো দেখতে জিতের কালো হাসির দিকে তাকিয়ে রইল তারা!

সেদিনটি ছিল অরন্ধন। শ্রাবণ মাসের শেষ। পুরো তালপুকুরটি জলে টইটুম্বুর। এই সময়ে তালপুকুরের জলে ছিপ ও সুঁত ফেলে পুকুরের ভাগিদারদের কর্ণধার মাছ ধরার ছাড়পত্র দিত। জলের ওপরে বিভিন্ন ক্রীড়া কৌশল দেখে জিতকে তখন পাড়ার দু - চারজন কৌতুহলী দৃষ্টি নিয়ে দেখতে আরম্ভ করেছে। বড়দা কটাক্ষ করে জিৎকে বলল, 'যা-দেখি, কেমন পারিস! একেবারে তালপুকুরের মাঝে গিয়ে জলে ডুবে জলের নিচে পাঁক সরিয়ে পলিথিন বিছিয়ে তার ওপর সুঁতটি রেখে আয়!' মাছধরার কাঁটার ওপর চারার মন্ড ভালো করে চেপে চেপে ধরে তিন - চারটি ওরকম বানিয়ে জিতের হাতে দিয়ে আদেশ করল। জিৎ সাঁতারে যাবে দেখে পাড়ার দু - চারজনও সুঁত নিয়ে যাবার জন্য অনুনয় করল। জিৎ মনে মনে বলল, যাচ্ছি যখন তখন নিয়ে যেতে অসুবিধা নেই, মুখে বলল, 'পুকুরের মাঝখানে সে শুধু সুঁত ছেড়ে দিতে পারে।' দেখল তাতেই তারা খুশি। নিজেদের সুঁতটিকে একটি পলিথিনের মধ্যে রেখে সুতো দিয়ে আলগা করে ফাঁস দিয়ে বেঁধে দিল বড়দা, জিৎকে দেখিয়ে মুখে বলল, 'সুতোটি আলগা করে টান দিলেই ফাঁস খুলে যাবে, পলিথিন সমেত চারাগুলি রাখতে সুবিধা হবে যাতে একটুও পাঁক চারার খাবারের মধ্যে না আসে'। অতগুলি সুঁত সমেত নিজেদেরটি ডানহাতে নিয়ে তুলে ধরে সাঁতার কেটে যেতে লাগল। পুকুরের মাঝের একটু আগে আগু - পেছু করে ছেড়ে দিল ওদের সুঁতগুলি। বড়দা জোর

করে চেঁচিয়ে চেঁচিয়ে বলতে লাগল, 'আর একটু যা, আর একটু, হ্যাঁ, এবার ঠিক আছে, ডুব দে।' জিৎ দম ভরে শ্বাস নিয়ে তাদের সুঁতটি নিয়ে ডুব দিল। যাচ্ছে তো যাচ্ছেই। স্থল যেন মনে হচ্ছে আজকে আরো বেশি নিচে। খানিকপরে স্থল ছুঁয়ে দেখল শুধু পাঁক আর পাঁক। যাইহোক সুঁতের দড়িটিকে দাঁতে চেপে ধরে দুহাত দিয়ে আরম্ভ করল পাঁক সরাতে। তারপর সেই স্থানে সুঁতের পলিথিনের সুতোটি খুলে ঠিক ভাবে রেখে যখন জলের ওপরে ওঠল আর দম নেই তখন। লম্বাকরে দম ভরে শ্বাস নিয়ে সাঁতারে ফিরে আসতে লাগল।

ভিজে প্যান্টটি ছেড়ে লুঙ্গি পরে স্নানের ঘাটে পা ঝুলিয়ে বসেছে জিৎ। খানিকপরে দেখতে পেল তাদের সুঁতটি খুব জোরে জোরে টান মারছে। পাড়ার দু - চারজন যারা ছিল তারা জোরে জোরে চেঁচিয়ে বলতে লাগল, 'ওই দ্যাখ, তোদের সুঁতে মাছ খেয়েছে!' জিৎ চারদিকে তাকিয়ে দেখল, বড়দা নেই। কাজেই তাড়াতাড়ি করে গিয়ে তাদের সুঁতের দড়িটি ধরে টান মেরে নিয়ে আসতে লাগল ডাঙার দিকে। বুঝতে পারছিল দড়ির টানটি বেশ জোর লাগছে। সে আরো জোরে দড়িটি টেনে ডাঙায় তুলতেই একেবারে চক্ষু ছানাবড়া হয়ে গেল সকলের। দেখল তাদের সুঁতটির চারটি কাঁটার মধ্যে দুটি কাঁটায় দুটি বড়ো রুইমাছ গাঁথা আছে এবং তারা ডাঙায় লাফালাফি শুরু করেছে। তাদের সুঁতটির সঙ্গে লেগে আরো দুটি সুঁত চলে এসেছে। পাশে যারা ছিল তারা বলল, 'এখন মাছের মুখ থেকে কাঁটা যেন না খোলা হয়!' বুঝতে পারল কথাটি সকলে ঠিক বলেছে। যাতে কারো মনে সন্দেহ না থাকে তাই দু - চারজন সবাই মিলে ভালো করে পরীক্ষা করে দেখে নিয়ে মাছের মুখ থেকে খোলা হলো কাঁটা।

একদিন কথায় কথায় মনোজদা বলল, ' পুকুরের মাঝে গভীর তলদেশে যেখানে জাট পোঁতা আছে সেখানে বড়ো বড়ো মাছেরা খেলা করে। ওখান থেকে অনেকে খালি হাতে মাছ ধরে আনতে পারে। বিষয়টি জিতের একেবারে কানে ঢুকে, গেঁথে গেল মনে ও মাথায়। সাঁতারে গিয়ে দম ভর্তি করে শ্বাস নিয়ে মারল টেনে ডুব। জাট ধরে ধরে নিচে নেমে দেখল যে সত্যিই অনেক বড়ো বড়ো মাছ খেলা করছে সেখানে। তা দেখে তার তো বেশ আনন্দই হচ্ছিল। সে মাছের গায়ে হাত বুলিয়ে বুলিয়ে আদর করতে লাগল। দেখল তারা বেশ আদর খেতে খেতে বড়ো বড়ো চোখ করে আড়

চোখে দেখছে জিৎকে। জিৎ বেশ পরখ করে দেখছিল মাছগুলি কেমন হাঁ করে মুখে জল নিয়ে মুখের ভিতরে ফুলকার সাহায্যে মুখ বন্ধ করে জল বের করে শ্বাস ছেড়ে চালাচ্ছে শ্বাসকার্য। তা দেখে জিতও একঘোট জল মুখে নিয়ে মাছের মতো করে গলায় চালান করে দিয়ে মুখ বন্ধ করে শ্বাস ছাড়তে ছাড়তে নাক দিয়ে জল বের করার চেষ্টা করল। মনে হল যেন জল পেটে যায়নি। এরকম অনেক বার করল। বুঝতে পারল যেন অক্সিজেন পাচ্ছে। শ্বাসের ঘাটতি যেন কমতে শুরু করেছে। মনে মনে মনকে জিজ্ঞেস করল, 'তাহলে কি মাছের মতো তার গলাতেও ফুলকা আছে?' যাইহোক পৃথিবীর সব প্রাণীই যে আদর খেতে ভালোবাসে সেটি আরো একবার বুঝতে পারল। কোনো মাছ কিন্তু তাদের মাথার কাছে আঙুল নিয়ে যেতে দিচ্ছে না। অনেক আদর করার পর একটি বড়ো মাছের মাথা ঝাপটে ধরল ডান হাতের মুঠোর মধ্যে। যাক তাহলে সত্যিই খালি হাতে একেবারে পুকুরের গভীর জলের কেন্দ্রে ধরা যায় মাছ। এই ভেবে মনটা আনন্দে ও গরবে ভরে গেল। জিৎ উপর দিকে ওঠতে লাগল। মাছটির নড়াচড়া নেই দেখে জিৎ একটু আলগা করে ধরে জলের ওপরে ওঠে তার বীরত্বের পরিচয় দিয়ে সবাইকে দেখাবে বলে মাছ সমেত ডানহাতটি ওপরদিকে তুলতে যাবে এমন সময় খুব জোরে তার হাত ঝটকিয়ে মাছটি অদৃশ্য হয়ে গেল পুকুরের জলের মধ্যে। জিৎ হতবাক হয়ে ভাবতে লাগল, 'বেটা মাছটি তার কৌশলটি আয়ত্ত করল কীভাবে?' পাড়ে উঠে এসে নিজের পেট পরীক্ষা করে দেখল যে একটুও জল পেটে যায়নি। তার মানে মাছের মতো জিৎও ফুলকার সাহায্যে জলের মধ্যে শ্বাসকার্য চালাতে পারে! জিৎ তার নিজের গলার ভিতরে আঙুল গলিয়ে স্পর্শ করে বুঝতে পারল যে একেবারে গলার শেষ প্রান্তে মাছের ফুলকার মতো তার গলাতেও ফুলকার মতো লাগছে। এটি ব্যতিক্রম বলেই মনে হলো। একেবারে অবিশ্বাস্য অথচ বাস্তব।

****

প্রায় চোদ্দো বছর পরের ঘটনা। ধর্মতলার কাছে চাকরি করে একটি কোম্পানিতে জিৎ। জীবন সংগ্রামে চলার পথে বাধা, বিঘ্ন, দুর্যোগ ও বিপর্যয়ে জর্জরিত হয়ে একরকম ভেঙে পড়ে তার শরীর। অফিসের এক কলিগকে সঙ্গে নিয়ে বেড়াতে যায় পুরী। নীল দিগন্ত রেখায় শুধু জল আর জল। প্রথম দুদিন ভোরবেলা উঠে সমুদ্রের তীরে বেড়াতেই একরকম চাঙ্গা

হয়ে যায় তার শরীর। মনের মধ্যে উপলব্ধি করে অন্য এক উদ্যম। বেলা বাড়তেই জিৎ স্নান করতে যায়। লক্ষ করে সমুদ্রের ঢেউগুলি সব আসছে তীরের দিকে। মনে মনে ভাবে তাহলে তো সমুদ্রে হারাবার কিছু নেই! ডুবে যাওয়ার ভয় নেই! শুনেছে কিছুটা জলে নেমে কাত হয়ে সামলাতে হয় ঢেউগুলিকে। এ-আর এমন কী! পুকুরের জলে নেমে আগের অভ্যাসমতো দু'হাতে করে এক গণ্ডূষ জল নিয়ে মুখে দিতেই অনুভব করে যে জল নোনতা। নিজের মনে মনেই বলে, 'নোনতা কেন? নোনতা কেন?' সঙ্গে সঙ্গে তার মনে পড়ে যায় যে, সমুদ্রের জল নোনতা মানে ঘনত্ব বেশি, ঘনত্ব বেশি মানে প্লবতা বেশি, প্লবতা বেশি মানে তরলের ঊর্ধ্বমুখী ঘাত বেশি, আর তরলের ঊর্ধ্বমুখী ঘাত বেশি মানে সেই তরলের ওপর কোনো বস্তুকে ভাসাতে, নিজে ভাসতে, সাঁতার কাটতে, শবাসনে শুয়ে বিশ্রাম নিতে, এমনকি ঘুমোতেও সুবিধে হয়, সুবিধে হয় মৎসাসন করতে। একে একে তার সব মনে পড়ে। মনে পড়ে প্রাণায়াম ও প্লবতার যুগল মিশ্রণে গভীর সাঁতার জলের ওপর দিয়ে দৌড়োনোর এক অসামান্য দক্ষতার কৌশল।

জিৎ তীরে ওঠে আসে। লক্ষ করে মাঝে মাঝে কয়েকটি দুরন্ত ঢেউ এসে আছড়ে ফেলছে স্নানরত ভ্রমণকারীদের। একটি ঢেউ তীরে এসে যখন ফিরে যায় তখন আগত ঢেউয়ের সঙ্গে সংঘর্ষে নীল জলরাশি ভেঙ্গে পরিণত হয় সাদা ফেনায়। সে ভাবে সামনের ঢেউ গুলিকে অতিক্রম করে গেলেই ওদিকের আর কোনও চিন্তা নেই। যতদূর পারে সমুদ্রের জলের ওপর দিয়ে দৌড়ে যাবে তারপর একসময় জলের ওপর চিৎ হয়ে শুয়ে পড়বে প্রাণায়ামের সাহায্যে। সমুদ্রের জলের ঢেউ যখন তীরের দিকে আসে তখন ঢেউয়ে ভেসে ফিরে আসবে তীরে আপনাআপনি। চিন্তা মতো দেবাদিদেব-মহাদেবকে 'ওম নমঃ শিবায়' বলে একবার স্মরণ করতেই কল্পনার মানস-চোখে এক অন্তর্যামী দেবী হাত তুলে আশীর্বাদ করে দেখা দিয়েই কেমন যেন বিলীন হয়ে গেলেন! তাঁর শ্রীচরণে শতকোটি প্রণাম নিবেদন করে সে তার মনের অন্তস্তল থেকে প্রার্থনা করে বলে, 'আমার মনোবাসনা পূর্ণ কর মা!'

জিৎ সমুদ্রতীর থেকে নিশ্বাস ছেড়ে দৌড়ে প্রথম ঢেউয়ের কাছে যেতেই দুরন্ত ঢেউয়ে বেসামাল হয়ে জলে পড়ে যায়, তারপর তিন-পাক খাইয়ে আছড়ে তীরে ছুড়ে যেন বলে, 'ভাগ এখান থেকে!' সেও

নাছোড়বান্দা! এত সহজে সে ছাড়ার পাত্র নয়, এর শেষ সে দেখে ছাড়বে! তাকে এত সহজে দমন করে কার সাধ্য!

তীরে ফিরে এসে চিন্তা করে যে ঢেউ ভাঙার আগেই তাকে অতিক্রম করে যেতে হবে। কয়েকটি ঢেউ দেখে মনে মনে সময়টি ঠিক করে নেয়। তারপর সময় বুঝে সমুদ্রতীর থেকে আবার দৌড়ে সমস্ত ঢেউগুলিকে অতিক্রম করে এগিয়ে যায়। সমুদ্রতীর থেকে গেল গেল রব উঠে আসে। সে প্রাণায়ামের সাহায্যে দু' স্টেপে শ্বাস নিয়ে চার স্টেপে ছাড়তে ছাড়তে সমুদ্রের জলের ওপর দিয়ে দৌড়ে চলে। দু'টি ডলফিন তার সঙ্গে সঙ্গে ডানদিকে সাঁতারে চলে। সে গতিবেগ কমিয়ে দিতেই ডলফিন-দু'টি কিছুদূর এগিয়ে গিয়ে তাকে দেখতে না পেয়ে জলের ওপর ওঠে ডানা নেড়ে একরকম শব্দ করে ডাকে! মানে ডলফিন-দু'টি তাদের সঙ্গে সঙ্গে দৌড়ে যেতে বলে। দু'জন সঙ্গী আছে জেনে জিতের মনে খুব আনন্দ হয়! সে আবার জোরে দৌড়োয়। তার বেশ মজা লাগে। অনুভব করে যে প্রাণায়ামের সাহায্যে সমুদ্রের জলের ওপর দিয়ে দৌড়োনো কত সহজ। সমুদ্রের জলের ঘনত্ব অনেক বেশি হওয়ায় দৌড়োনোর সময় পায়ের পাতার তলায় প্লবতা স্প্রিংয়ের মতো এমন ভাবে টোকা মেরে উর্ধ্বমুখী বল বা ঘাত প্রয়োগ করে যে তাতে মনের মধ্যে অতিরিক্ত বলের সঞ্চার হয়, দৌড়োতে খুব সুবিধে হয়, শক্তি অনেক কম নষ্ট হয়, দৌড়ানোর সময় গতিবেগ বাড়ে, ক্ষিপ্রতা বাড়ে, ফলে অনেকক্ষণ দৌড়োনোর ক্ষমতা বজায় থাকে। মাঠে দৌড়োনোর সময় ঘর্ষণ বলের বাধা প্রদানের জন্যে অনেক বেশি পরিশ্রম হয়। ফলে নষ্ট হয় অনেক বেশি শক্তি। প্রাণায়ামের সাহায্যে সমুদ্রের জলের ওপর দিয়ে দৌড়োলে কোন ঘর্ষণ বল বাধা প্রদান করে না বললেই মনে হয়! অনেক বেশি শক্তিও নষ্ট হয় না। এইসময় তার মনে অফুরন্ত প্রাণ-শক্তির সঞ্চার হয়। সে ভাবে দৌড়ে সমুদ্র পেরিয়ে যেতে পারে! হঠাৎ খেয়াল হয় যে সমুদ্রের জলের স্রোত মাঝ সমুদ্রের দিকে যায়! সে সমুদ্রের তীরে দাঁড়িয়ে চিন্তা করেছিল এক আর বাস্তবে হল আর এক! সে মনে মনে ভাবে, ভুল দেখছে না তো! তার মাথায় যেন বাজ পড়ে! সে জলের ওপর চিৎ হয়ে শুয়ে পড়ে। কিন্তু একি! প্লবতা ও প্রবল স্রোতের টান এত বেশি যে জলের স্রোতে সে শোলার মতো মাঝ-সমুদ্রের দিকে তীব্র গতিবেগে ভেসে যেতে থাকে! সাঁতারে তীরে ফিরে আসার আপ্রাণ চেষ্টা করে। কিন্তু তার গতিবেগের চেয়ে

স্রোতের গতিবেগ অনেক বেশি। তার মনে পড়ে, নৌকাকে স্রোতের প্রতিকূলে বিপরীত অভিমুখে বেয়ে তীরে ফিরে আসতে হলে স্রোতের গতিবেগের চেয়ে বেশি করতে হবে নৌকার গতিবেগ। দুটির গতিবেগ সমান হলে নৌকা যেখানে আছে সেখানেই থাকবে। আর স্রোতের গতিবেগ নৌকার গতিবেগের চেয়ে বেশি হলে নৌকা কোনোদিনই তীরে ফিরে আসতে পারবে না বরং ক্রমশ মাঝ সমুদ্রের দিকে পিছিয়ে যেতে থাকবে। ভাবে, ডুব সাঁতারে ফিরে যাবে! কিন্তু সমুদ্রে ডুব দেওয়া সহজ কথা নয়! শ্বাস ছেড়ে ডুব দিতেই পারে না। দম ভর্তি করে পুরো শ্বাস নিয়ে সমুদ্রে ডুব দিয়ে দেখে যে ভিতরে স্রোত আরও বেশি। ডুব দিতেই সমুদ্রের জলের স্রোত তাকে কুন্ডলি পাকিয়ে পাক খাইয়ে খাইয়ে দ্রুতবেগে টেনে নিয়ে চলে মাঝ-সমুদ্রের দিকে। কিংক্তব্যবিমূঢ় হয়ে শ্বাস ছেড়ে জলের ওপরে উঠে সে সামনে দেখে শুধু জল আর জল। সে দিকবিদিক জ্ঞান শূন্য হয়ে পড়ে। পিছন ফিরে দেখতে পায় অনেক দূরে কয়েকটি বাড়ির মাথা। বুঝতে পারে তীর অনেক দূরে। সে এত বড়ো বিপদ থেকে কী করে নিজেকে রক্ষা করে বুঝতে পারে না! জিৎ দেখেছে যে বিপদের সময়ে তার বিবেক হঠাৎ হঠাৎ উবে যায় কিংকর্তব্যবিমূঢ় হয়ে, কিন্তু কী যেন কী এক অজ্ঞাত-কারণে সেই সময়ে অনুভব করে ঠিক আছে। অদেখা, অজানা, অচেনা আশঙ্কায় ভয় পায়! হঠাৎ বিবেক বলে উঠে, 'বিপদের সময়ে সুফল পাওয়া যায় মাথা ঠাণ্ডা করে কাজ করলে, মন শক্ত করে ইষ্ট-দেবতাকে স্মরণ করে সাঁতারে সমুদ্রের তীরের দিকে ফিরে যা!' সে তায় করে। চোখ বুজে মা অন্তর্যামী দেবীকে স্মরণ করে তার প্রাণশক্তি উজাড় করে ফিরে আসার চেষ্টা করে তীরের দিকে। খানিকটা আসার পর হঠাৎ দেখে স্রোতটি আর নেই! বিস্ময়ে হতবাক হয়ে সামনে তাকিয়ে দেখে প্রায় দশ-বারো গজ দূরে এক প্রকাণ্ড হাঙর তার পথ আগলে আছে। শুধু দেখা যায় তার পিঠের ফিনটি। বোঝা গেল যে পুরো স্রোতটি তার গায়ে ধাক্কা লেগে আটকে আছে। স্রোত বিহীন সমুদ্রের ওপর দিয়ে সাঁতার কাটা কত সহজ। আবার স্রোতের অনুকুলে সাঁতার কাটা আরো সহজ। সমুদ্রে সাঁতার কাটার থেকেও জলের ওপর দিয়ে দৌড়োনো আরও সহজ। সে সাঁতারে গিয়ে তার পিঠের ফিনটি ধরে তার ওপর শুয়ে বিশ্রাম নেয়। ভাবে আর একটু বিশ্রাম নিয়ে তার ওপর দাঁড়িয়ে আবার প্রাণায়ামের সাহায্যে দৌড়ে ফিরে যাবে তীরে। লম্বা লম্বা করে কয়েকটি শ্বাসপ্রশ্বাস নেয়।

এমন সময় হাঙরটি হঠাৎ জলে ডুবে অদৃশ্য হয়ে যায়। আবার সেই তীব্র স্রোতের প্রতিকূলে সাঁতার কেটে তীরে ফিরে আসার আপ্রাণ প্রয়াস। সমুদ্রতীর থেকে ভেসে আসে কণ্ঠস্বর, 'আর একটু এস, আর একটু এস।' আজ তার চরম পরীক্ষা, এই পরীক্ষায় তাকে জিততেই হবে, - এই তার পণ। তার শরীর অসাড় হয়ে আসে, প্রাণশক্তি যেন শেষ। শেষ অস্ত্র হিসাবে তার অবচেতন মনের হৃদয়ের অন্তস্তল থেকে করুণ স্বরে বেরিয়ে আসে, "হে মা অন্তর্যামী! আমায় বাঁচাও মা! আমায় রক্ষা কর মা! আমায় ক্ষমা কর মা!" এমন সময়ে কে যেন তার কানে কানে বলে উঠেন, "এই তো এসে গেছিস, এই তো এসে গেছিস।" সে যেন মনে সাহস পায়, মিনতি করে বলে, "আমায় একটু টেনে তুল না মা হাত ধরে।" অন্তর্যামী মা তেমনি ফিস ফিস করে তার কানে কানে বলেন, যে তাঁরা কাউকে হাত ধরে টেনে তোলেন না বিপদ থেকে। হৃদয়ের অন্তস্তল থেকে ডাকলে সাহায্য করে মাত্র। জিৎ চোখ বুজে সাঁতারে ফিরে আসতে আসতে বলে, "আমি আর পারছি না মা!" মা বলেন, "ওরে পাগল, আমি তো তোর সাথে আছি, তোর ভয় কি! আর একটু এগিয়ে চল, আর একটু এগিয়ে চল, তোর সাথে কত লোক আছে, একবার সামনে তাকিয়ে দেখ! কত লোক তোর জন্যে অপেক্ষা করছে। আরও জোরে হাতদুটোকে নাড়া, আরও জোরে, আরও জোরে, এইতো এসে গেছিস, এইতো এসে গেছিস, ব্যস, ব্যস, পা নামিয়ে দেখ, এসে গেছিস।" জিৎ পা নামাতেই মাটির স্পর্শ পায় এবং সম্বিত ফিরে পায়। অন্তর্যামী মা এক পলকে তাকে দেখা দিয়েই চলে গেলেন। সেখানে তার একগলা জল আর ঠিক তার পর থেকেই সৃষ্টি হয় সমুদ্রের ঢেউগুলি। সেখানে সে দাঁড়িয়ে হাঁফ ছেড়ে বাঁচে। তার বুক অসম্ভব ধড়পড় করে। হাঁ করে নির্মল তাজা শ্বাস নেয়। তারপর আস্তে আস্তে ফিরে আসে তীরে।

ভিড়ের মধ্যে থেকে হঠাৎ এক সুন্দরী তন্বী তরুণী সামনে এসে অত্যন্ত বিনয়ের সাথে বলে, "আপনাকে আমার ঠাকুমা একবার ডাকছেন!"

জিৎ একটু অবাক হয়ে জিজ্ঞেস করে, "কোথায় আপনার ঠাকুমা? কেন ডাকছেন?"

তরুণী অস্ফুষ্ট স্বরে অদূরে তর্জনী তুলে দেখিয়ে বলে, "ওই যে বসে আছেন, হাঁটুতে ব্যথা, আসতে পারছেন না তায়! কেন ডাকছেন জানিনা!"

ফর্সা, উজ্জ্বল শ্যামবর্ণা, দীর্ঘাঙ্গী তরুণীর পরনে গোলাপীর ওপর নীল ডোরাকাটা সালোয়ার কামিজ, নীল ওড়নাটি বাম কাঁধ থেকে বুক হয়ে ডান হাতের ভাঁজ করা কনুয়ের ওপর ঝোলানো। সমুদ্রের নির্মল বাতাস তার ঘন, কালো, লম্বা, এলোকেশী খোলা চুলে খেলা করতে ব্যস্ত! দুই চোখের ওপরে হালকা ঘন ভ্রু, দুই ভ্রুর মাঝখানে গোলাপী গোল টিপ। টানা টানা দুই চোখের মাঝখান থেকে বেরিয়ে এসেছে টিকালো নাক। দুই কানে সোনার ঝুমকোর দুল। টুসটুসে রসে ভরা গোলাপী রঙের অধর পল্লব দুটির ভিতরে সারিবদ্ধভাবে সাজানো দুই সাদা দন্তের মালা। পায়ে ডিজাইন করা মানানসই হিল জুতো। এহেন আধুনিকা, শৌখিন বিশিষ্টা, সুন্দরী তরুণীর আহ্বানে সাড়া না দিয়ে থাকা যায়! যেন ভরা শ্রাবণে উন্মত্ত কল্লোলিনী শিলাবতী মিলনের নেশায় তার দুই কূল প্লাবিত করে কুলু কুলু শব্দে ছুটে চলেছে সমুদ্র-সঙ্গমে।

সাদা ধবধবে নতুন থান পরিহিতা, শুভ্র পক্ককেশ বিশিষ্টা, ফর্সা টকটকে গায়ের রঙে বিভূষিতা, নগ্ন পায়ে তপ্ত বালির ওপর বসে আছেন ঠাকুমা। নমস্কার করে, পরিচয় দিয়ে, কাছে যেতেই তিনি বলতে শুরু করলেন, "তোমার এই সমুদ্রের জলের ওপর দিয়ে অসাধারণ দৌড়োনোর দক্ষতা দেখে আমি বিস্ময়ে হতবাক! অবিশ্বাস্য, আমি জন্ম - জন্মান্তরেও ভুলব না! আজ যা দেখলাম তা আমার স্বপ্নেরও অতীত! এ-তো সাধারণ মানুষের কর্ম নয় বাবা," বলেই তিনি জিৎ - এর দু'পায়ে হাত দিয়ে প্রণাম করেন! জিৎ ভ্যাবাচ্যাকা খেয়ে বলে ওঠে, "একি করছেন ঠাকুমা! আমারও ঠাকুমা আছেন! তিনিও আপনার বয়সীই হবেন!" বলে, জিৎ তাঁর পায়ে হাত দিয়ে প্রণাম করে। তারপর বলতে শুরু করে, "এই জলের ওপর দিয়ে দৌড়োনোর কাজটি শুরু করেছিল সে যখন সপ্তম শ্রেণীতে পড়ত। অনেক কষ্টে দৌড়োনোর কাজটি সম্পন্ন করার পর তার মনে হয়েছিল যে, সে যখন এই কঠিন কাজটি সম্পন্ন করতে পেরেছে তখন পৃথিবীর অনেকেই এই কাজটি করতে পারবে, কাজেই এ-নিয়ে সে আর মাথা ঘামায়নি। "

জিৎ আরও বলে, "সে তো ভুলেই গিয়েছিল জলের ওপর দিয়ে দৌড়োনোর কথা! সমুদ্রের জলে নেমে এক গণ্ডুষ জল মুখে নিয়ে নোনতা অনুভব করতেই পুরোনো দিনের সব ঘটনা তরতর করে মনে পড়ে যায়! এটি সম্পূর্ণ বিজ্ঞান সম্মত। প্রাণায়াম ও প্লবতার যুগল মিশ্রণে এই অবিশ্বাস্য

বাস্তব কাজটি করা সম্ভব হয়," বলে, নমস্কার করে, ফিরে আসতে উদ্যত হতেই সঙ্গে সঙ্গে এক ফটো-গ্রাফর ও দুটি ছেলে তার সামনে হাজির। তারা বলে যে এত বড়ো একটা ভালো কাজ করলেন, তাদের আগে থেকে জানা থাকলে পুরো ভিডিওটি তোলার ব্যবস্থা করত। খানিকটা তোলা হয়েছে অবশ্য। তাদের একজনের হাতে একটি 'শিবলিঙ্গ' অপরজনের হাতে এক ঘটি জল। ফটোগ্রাফর জিৎকে একটু ফাঁকা জায়গায় নিয়ে গিয়ে পরিষ্কার বালির ওপর শিবলিঙ্গটি স্থাপন করে বলে, "অত্যন্ত আনন্দ চিত্তে, শ্রদ্ধা ও ভক্তি সহকারে, 'ওম নমঃ শিবায়', 'ওম নমঃ শিবায়,' বলতে বলতে শিব-ঠাকুরের মাথায় জল ঢালুন।" সে তায় করে। পরবর্তীকালে এই ভিডিওর খানিক অংশ দেখানো হয় কুমারটুলি পার্কে দুর্গা পূজোর সময়ে। দুর্ভাগ্যবশত এই ভিডিওটি সে সংগ্রহ করতে পারেনি মূলত অর্থনৈতিক কারণে। পরে শোনা যায় যে ওড়িশা সরকার মূল ভিডিও ক্লিপটি ব্যান করে দেয়।

জিৎ নিজে দৌড়ে ও দেখে বুঝেছে যে প্রাণায়ামের সাহায্যে মাঠে দৌড়োনোর চেয়ে সমুদ্রের জলের ওপর দিয়ে দৌড়োনো কত সহজ। আবার সাঁতার কেটে ইংলিশ চ্যানেল পার হওযার চেয়ে সমুদ্রের জলের ওপর দিয়ে দৌড়ে ইংলিশ চ্যানেল পার হওয়া আরো অনেক বেশি সহজ! শুধু শ্বাস নেওয়ার চেয়ে শ্বাস ছাড়ার সময় একটু বেশি করতে হবে এবং দৌড়োনোর সময় দুটি পায়ের মধ্যে দূরত্ব এক ফুট থেকে দেড় ফুটের কম হলেই প্রাণায়াম ও প্লবতার সাহায্যে ঘণ্টার পর ঘণ্টা সমুদ্রের জলের ওপর দিয়ে দৌড়োনো যাবে!

প্রাণায়াম আর বিশ্ববিখ্যাত গ্রীক বিজ্ঞানী আর্কিমিডিসের নীতি ও প্লবতার সাহায্যে অনেক ব্যক্তি ইংলিশ চ্যানেল দৌড়ে পার হতে পারবে নিম্নলিখিত পদ্ধতিগুলি অবলম্বন করলে। প্রাণায়াম ও প্লবতা একটি অন্যটির সম্পূর্ণ পরিপূরক। দু'টির মিলিত প্রয়োগে সৃষ্টি হয় শরীরের মধ্যে এক দারুণ অত্যাশ্চর্য ক্ষমতা! আর এই অত্যাশ্চর্য ক্ষমতার বলেই গভীর সাঁতার জলে এক হাঁটু জলের মধ্যে দিয়ে হাঁটা যায়, শবাসনে শুয়ে বিশ্রাম নেওয়া যায়, ঘুমানো যায়, মৎসাসন করা যায়, সবশেষে জলের ওপর দিয়ে দৌড়োনো যায়। ইংল্যান্ডের 'ডোভার' (DOVER) থেকে ফ্রান্সের 'কেপ গ্রিস নেজ' (CAP GRIS NEZ) এর দূরত্ব চৌত্রিশ কিলোমিটার বা একুশ মাইল। যেটি ইংলিশ চ্যানেল নামে পরিচিত। যাঁরা অ্যাথলেটিক্স (ATHLETICS), যাঁরা

ম্যারাথন রেস(MARATHON RACE) বা দৌড় প্রতিযোগিতায় অংশ গ্রহণ করেন, যাঁরা ইংলিশ চ্যানেল সাঁতারে পার হয়েছেন, যাঁরা ইংলিশ চ্যানেল সাঁতারে পার হওয়ার জন্যে তৈরি হচ্ছেন, যাঁরা নিয়মিত দৌড়োন, নিয়মিত জগিং করেন, যাঁদের বয়স অল্প, ওজন কম তাঁদের সকলকে সবিনয়ে বলি, আপনারা একবার চেষ্টা করে দেখুন যে, ইংলিশ চ্যানেল দৌড়ে পার হওয়া যায় কিনা! আমি বলছি সম্ভব। অতি অবশ্যই সম্ভব। ঘণ্টায় এগারো কিলোমিটার বেগে দৌড়োলে তিন থেকে সওয়া তিন ঘণ্টার বেশি সময় লাগা উচিত নয়। আরও জোরে দৌড়োলে সময় কম লাগবে। তাহলে শুরু করা যাক নয়া দৌড়!

১। নিজের মনের জেদ, নিষ্ঠা, পরিশ্রম, কঠোর অনুশীলন ও অধ্যবসায় একান্ত জরুরী।

২। অল্প বয়স ও স্লিম ফিগার হতে হবে, বেশি মোটা হলে বা ওজন বেশি হলে চলবে না।

৩। আর্কিমিডিসের নীতি ও প্লবতা (ARCHIMEDES' PRINCIPLE AND BUOYANCY) খুব ভালো করে জানতে হবে।

৪। শ্বাস নেওয়ার চেয়ে শ্বাস ছাড়ার সময় বেশি করতে হবে, যাকে এক কথায় বলে প্রাণায়াম। (Exhaling should be done more than inhaling which is called pranayama in a word.)

৫। সাঁতার খুব ভালো করে জানতে হবে। প্রাণায়ামের সাহায্যে রোজ পুকুরের জলের ওপর শবাসনে শুয়ে বিশ্রাম নিতে হবে।

৬। প্রাণায়ামের সাহায্যে রোজ বড়ো ও গভীর-জলের পুকুরের ওপর দিয়ে অথবা নদীর জলের ওপর দিয়ে দৌড়োনো অভ্যাস করতে হবে।

৭। প্রাণায়ামের সাহায্যে রোজ মাঠে দৌড়োতে হবে।

৮। জলের ওপর দিয়ে দৌড়ানোর সময় দুটি পায়ের মধ্যে দূরত্ব এক ফুট থেকে দেড় ফুটের কম হলেই ভালো হয়।

প্রাণায়ামের সাহায্যে মাঠে দৌড়োনোর চেয়ে সমুদ্রের জলের ওপর দিয়ে দৌড়োনো অনেক বেশি সহজ আবার ইংলিশ চ্যানেল সাঁতার কেটে পার হওয়ার চেয়ে দৌড়ে পার হওয়া আরো অনেক বেশি সহজ!

কারণঃ-

১। মাঠে দৌড়োনোর সময় ঘর্ষণ বলের বাধা প্রদানের জন্যে অনেক বেশি পরিশ্রম হয়। ফলে শক্তি অনেক বেশি নষ্ট হয়। প্রাণায়ামের সাহায্যে সমুদ্রের জলের ওপর দিয়ে দৌড়োলে কোনো ঘর্ষণ বল বাধা প্রদান করে না বলেই মনে হয়! বরং সমুদ্রের জলের ঘনত্ব অনেক বেশি হওয়ায় দৌড়োনোর সময় পায়ের পাতার তলায় প্লবতা এমন ভাবে স্প্রিংয়ের মতো টোকা মেরে উর্ধ্বমুখী বল বা ঘাত প্রয়োগ করে যে তাতে মনের মধ্যে অতিরিক্ত বলের সঞ্চার হয়, দৌড়োতে খুব সুবিধে হয়, শক্তি অনেক কম নষ্ট হয়, দৌড়োনোর সময় গতিবেগ বেড়ে যায়, ক্ষিপ্রতা বেড়ে যায়, ফলে অনেকক্ষণ দৌড়োনোর ক্ষমতা বজায় থাকে।

২। মাঠ উঁচু নিচু থাকলে দৌড়োনোর সময় গোড়ালিতে চোট পাওয়ার সম্ভাবনা থাকে, কিন্তু সমুদ্রের জলের ওপর দিয়ে দৌড়োলে কোনো চোট পাওয়ার সম্ভাবনা থাকে না।

উপরোক্ত পদ্ধতিগুলি অবলম্বন করে নয়া দৌড়ের মাধ্যমে ইংলিশ চ্যানেল দৌড়ে পার হতে পারলে সারা পৃথিবীতে নয়া দিগন্ত খুলে যাবে বলে তার মনে হয়!

তাহলে শুরু করা যাক নয়া দৌড়!

আমি জিৎ অনেক বছর ধরে সেই আগত সুদিনের দিকে তাকিয়ে আছি। ❑

সমাপ্ত

www.ingramcontent.com/pod-product-compliance
Lightning Source LLC
LaVergne TN
LVHW050812051026
849532LV00008B/2975
* 9 7 9 8 2 3 1 1 6 7 7 0 8 *